傅菲 著

鸟的盟约

GUANGXI NORMAL UNIVERSITY PRESS
广西师范大学出版社
·桂林·

NIAO DE MENGYUE

**图书在版编目（CIP）数据**

鸟的盟约 / 傅菲著. —桂林：广西师范大学出版社，2021.3

ISBN 978-7-5598-3600-7

Ⅰ．①鸟… Ⅱ．①傅… Ⅲ．①散文集－中国－当代 Ⅳ．①I267

中国版本图书馆 CIP 数据核字（2021）第 012152 号

广西师范大学出版社出版发行

（广西桂林市五里店路 9 号　邮政编码：541004）

网址：http://www.bbtpress.com

出版人：黄轩庄

全国新华书店经销

广西民族印刷包装集团有限公司印刷

（南宁市高新区高新三路 1 号　邮政编码：530007）

开本：787 mm × 1 092 mm　1/32

印张：9.75　　字数：160 千

2021 年 3 月第 1 版　　2021 年 3 月第 1 次印刷

定价：56.00 元

如发现印装质量问题，影响阅读，请与出版社发行部门联系调换。

# 目　录

鸟的漫思　　　　　　　　　　　　1

每一只鸟活着都是奇迹　　　　　18

候鸟之殇　　　　　　　　　　　34

鹭鸟是大地的时钟　　　　　　　47

黑水鸡家族　　　　　　　　　　58

乌桕湖里的小䴙䴘　　　　　　　69

黑领椋鸟　　　　　　　　　　　80

候鸟是大地上另一种节气　　　　96

秋鸟的盆地　　　　　　　　　　113

群鸟归来　　　　　　　　　　　130

鸟栖河湾　　　　　　　　　　　142

草洲鸟影　　　　　　　　　　　154

马金溪的斑头秋沙鸭　　　　　　166

燕子的盟约　　　　　　　174

雪映鸟舞　　　　　　　　184

福山寻鸟　　　　　　　　196

峡谷观鸟见闻　　　　　　217

白鹤与湖　　　　　　　　229

山斑鸠　　　　　　　　　242

孤人与鸟群　　　　　　　252

通鸟语的人　　　　　　　262

红嘴鸥送客别岱山　　　　276

南明湖的鸟群　　　　　　283

囚　鸟　　　　　　　　　290


后记：鸟给予我们渴望飞翔的心灵　299

# 鸟的漫思

　　形成了这样一种不为人知的习惯：在心神不安的时候，我把书房里的羽毛标本打开，逐一地观看，抚摸，一遍又一遍，我一下子安静下来。一支羽上有黑白黄三色的是戴胜鸟的翅羽，全支深绿色的是佛法僧的翅羽，全支彩锦艳丽的是环颈雉的翅羽……我似乎听到了大雁南飞的嘎嘎嘎嘎之声，雕鸮在夜间掠过草丛嗦嗦嗦，麻雀在屋檐下的巢穴里叽叽喳喳，空谷里的幽兰之气滑过白眉地鸫的翅膀，蓝翡翠在河边啄食鱼虾忽地飞过灌木林落在另一片滩涂里，秋沙鸭带着几只雏儿在练飞，黄昏时分的窗外有夜莺回旋……大地向我拥抱过来，河流抱住我的腰身，草木葱茏，繁花似锦，天空鸣唱。

在武夷山北麓，我生活了一年半，只要得闲，我都会去山间四处乱走。有时穿过荆棘草丛，有时沿山中小径毫无目的地翻了一座又一座山——我想看更多的山峦溪流，更想看到更多的鸟儿。这个想法，源于一个猎人——

一次傍晚，我见一个骑摩托车的人，背一杆猎枪，我叫住他，攀谈起来。他姓张，40来岁，摩托车上挂了一只环颈雉。环颈雉别名山鸡、野鸡，常年生活在开阔林地带、田野、灌木林和草丛中，善走不善飞，小群觅食，叫声曼妙动听。我请他在我的陋舍喝茶。他说他打猎十多年，也爱玩鸟。我一下子和他相熟起来。和他一起去他山区里的土房子。他有一间鸟房，挂了20多只鸟笼，有果鸽、乌鸫、褐眉鸫、相思鸟，也有大白鹭、麦鸡、猫头鹰、水鸫、野鸽，院子里还养了几只红腹锦鸡。从猎人张那里带了各种羽毛回来，我制成了标本。我开始收集各种鸟的羽毛，翅羽、尾羽、腹羽、头羽。我进山去，在灌木林，在竹林，在草丛，在溪流边，在庄稼地，带上标本册，把捡拾的羽毛分类夹进册页里。我买来很多有关鸟的书，配彩图的那种，睡觉前一页一页地翻看，辨认。

　　没有什么比这样的景象更让我惊喜：在毫无心理准备时，三两只鸟从脚边的杂草丛里，扑棱棱地惊飞而起，越过枫树林，在山坳盘旋几圈，又落到另一片草地里；或者是，走着走着，高高的木荷枝丫上，斜飞出几只黄眉鹟或银喉山雀，喳喳喳喳地叫，翅膀触碰到树叶时，树叶发出细细的沙沙声，银亮的、月光一样的沙沙声，让人沉迷。有一次，我去河滩散步，暮春的余晖有金粉的色泽，铺满了河面，岸边的樟树和洋槐上，栖了上百只白鹭，一团一团的白，雪堆一般，把枝头压得颤动。还有几只，在河里嬉戏，啄食虾螺。空落的河滩上，春草茵茵，马蓝开出小喇叭状的花朵，妍妍的。凤尾蕨细长的叶子上，一只蜻蜓飞飞停停，另一只蜻蜓追逐着它，粘着它。白鹭伫立水中，静娴从容，像是误入人间的天使。白鹭呀呀呀呀，我也呀呀呀呀学叫。白鹭四飞，翅膀掠着水面，斜斜地飞，向下游飞去。它们是候鸟，越冬后，春暖花开了，产卵孵雏，夏季时，又回到北方。事实上，在晴和煦暖的天气，随意往山里走走，都会有很多收获。柳莺，黄胸鹀，苇莺，乌鸫，布谷，十分常见，更别说山雀了，有时还会冷不丁地被空中一声尖叫惊起，原来是一只山鹰在巡游。武夷山北麓，多高山，也多山中盆地，森林覆盖率高，竹林延绵几十里，原始森林空不见人，溪流交错蜿蜒，各类野生动植物十分丰富。武夷山西北麓，是我的故地。信江汇入之处，是国内最大淡水湖——鄱阳湖，每年的入冬和初春之际，世界各地的爱鸟者，会来到这个候鸟天堂，支起帐篷，观鸟。我在 1998 年冬，有过一次观鸟。到瓢里山，已是夕阳西下，千万只鸟，在云霞下振翅飞翔，遮天蔽日，鸣叫声随波浪此起彼伏，喧彻天宇。鸟语下的村庄，安详恬美。候鸟以鹭鸟居多，有小白鹭、中白鹭、大白鹭、夜鹭、池鹭、苍鹭、草鹭、牛背鹭、白琵鹭，还有黑鹳、白鹳、秃鹳，以及天鹅、大雁、鸬鹚。

距鄱阳湖百里，有一个观鸟天堂——婺源赋春鸳鸯湖，不过只有一种鸟——鸳鸯。鸳指雄鸟，鸯指雌鸟，在山野湖泊，出双入对。人们常用鸳鸯比喻男女情爱琴瑟和鸣。鸳嘴红色，脚橙黄色，羽色鲜艳而华丽，冠羽艳丽，眼后眉纹白色，翅上有一对栗黄色扇状直立羽，像一叶帆。鸳嘴黑色，脚橙黄色，头和上体灰褐色，眼周白色眉纹。唐代诗人崔钰的《和友人鸳鸯之什》说："翠鬣红衣舞夕晖，水禽情似此禽稀。暂分烟岛犹回首，只渡寒塘亦共飞。映雾乍迷珠殿瓦，逐梭齐上玉人机。采莲无限兰桡女，笑指中流羡尔归。"赋春也是我去得最多的乡村之一。11 月，鸳鸯一小群一小群不约而同地来了，在这个灌木芦苇茂密的山林水库，开始了越冬、孵卵、育雏。每一次看见鸳鸯，我心一下子震颤起来，多浪漫多有野趣的一个地方！在一个狭长山谷，层林尽染，溪水潺流。鸳鸯凫游，身子滑过水面，嘶嘶嘶嘶，和水声彼此交织，恍如天籁。沐浴在天籁里，人是赤裸的赤子——皈依自然，是对心灵的深度抵达。相爱中的男男女女，不远千里，来到鸳鸯湖畔，默默许下心愿：只得一人心，白首莫分离。

翅膀，把鸟运送到天空，把种子运送到大地的每一个角落。

翅膀，把鸣叫声搬运到高枝，把生命视作高远的飞翔。

整个大地都在翅膀之下，没有比翅膀更高的峰峦。天空的道路，是翅膀的道路。每年4月，蓑羽鹤在新疆北部、东北等地的草地沼泽地，开始繁殖后代，孵化期一个月，10月，地表水干枯，水草枯黄，它们要飞越珠穆朗玛峰到印度越冬。蓑羽鹤是现存的鹤类中体形最小者，通体蓝灰色，前颈黑色羽延长，悬垂于胸部，脚黑色。五万只中，有半数的蓑羽鹤是第一次飞越珠穆朗玛峰，有四分之一是最后一次飞越。它们依凭圆柱形上升的暖气流，缓缓飞升，飞升，它们号角一样的叫声响彻寰宇。它们呈 U 字形散开，迎击风暴，躲避金雕，飞越地球最高峰。这是唯一能飞越珠穆朗玛峰的鸟。它们的每一次迁徙，都是与死亡作勇猛的抗争。即使濒临死亡，鸟依然有飞翔的愿望。

北极燕鸥是一生飞行距离最长的鸟。夏季来临，北极燕鸥在北极圈繁衍后代，冬季来临，沿岸的海水、沼泽结冰，北极燕鸥向南迁徙，飞越高山飞越海洋飞越丛林，来到南极洲，度过南半球的夏季。南半球夏季结束，它又北飞，回到北极。2018 年第十期《课堂内外（科学 Fans）》发表毛颖的科普文章《北极燕鸥——迁徙之王》，该文说，北极燕鸥每年往返南北两极一次，行程约四万千米，是迁徙路线最长的动物。北极燕鸥是唯一喜爱生活在极昼世界的动物，终生追寻光明，一生飞行距离可达150万千米。

翅膀所达之处，也是生命所达之处。150万千米，不知道翅膀要扇动多少次，每扇动一次，就是生命的一次狂欢。

翅膀最长的鸟是信天翁和康多兀鹫。海鸟中，信天翁翅膀最长，翅展超过三米，以海上漂浮的动物尸体为食。在18世纪前，迷信的水手以为信天翁是葬身大海的水手的亡魂，杀之必引来杀身之祸。英国诗人塞缪尔·泰勒·柯勒律治在名篇《古代水手的诗韵》中讲述了这个传说：……终于飞来了一头信天翁/它穿过海上弥漫的云雾/仿佛它也是一个基督徒/我们以上帝的名义向它欢呼……

陆地上翅膀最大的鸟是康多兀鹫，生活在偏僻的安第斯山脉高峰，翅展三米左右，是飞行高度很高的鸟，最高达8500米，当地人称之为神鸟，百鸟之王，智利尊之为国鸟。翅膀最短小的鸟是蜂鸟，最小的蜂鸟体长只有几厘米，是唯一可以向后飞行的鸟，它还可以向左或向右飞行，还可以停在空中，以每秒拍打 15—80 次的频率，创造了鸟类翅膀扇动频率最快的吉尼斯纪录。

这个世界上，假如没有翅膀，不知道会是一个什么样的世界。没有鸟，天空是死亡的，海洋是死亡的（鳍是鱼的翅膀），人是死亡的（梦想是人的翅膀）。没有草木苍莽，没有四季溢彩，有的是死灰一样的寂灭，空茫的世界，阴冷的时间。鸟是天空的音符。不能飞翔，宁愿选择死去，我见识过如此刚烈的鸟。我去武夷山生活的第一个秋天，尝试去学习捕鸟。买来丝网，在山坡上用竹架支撑起来，早晨，中午，黄昏，我去坡上看看，网是否粘了鸟。捕捉到的鸟，一般是田鸫、黄喉鹀、果鸽、相思鸟、画眉、苇莺等。捕捉过两次黄喉鹀，放在鸟笼里饲养，第二天就死了。我不知道是饥饿还是缺水，抑或是寒冷，造成了黄喉鹀的死亡。鸟笼里有水，也有鸟食，也不可能是寒冷，因为我采取了保暖措施。黄喉鹀放进笼子里，跳来跳去，显得惊恐不安，喊喊喊喊，狂叫不已。黄喉鹀喜欢生活在低山地带的林地边缘，小群活动，啄食草籽，体形比麻雀略大，冠部羽毛呈直立状，背部有褐色纵斑。第三次饲养的时候，我在鸟笼前方安装了摄像头，以此探明黄喉鹀的死因——晚上 10 点多，两只黄喉鹀在笼子里，扑棱棱地张开翅膀，用头撞栅栏，一次，两次，三次，直到张不了翅膀，羽毛撒了一地，死了。雕鸮则是绝食而死。雕鸮蹲在鸟笼里，黄金色的眼球不停地转动，不吃不喝三天，奄奄而死。我把鸟笼和鸟网，一并烧了，再也不养鸟。豢养鸟，是一种非常残忍的行为，我不知道驯鸟人是怎么想的。2007 年 9 月，在新疆布尔津去喀纳斯的路上，我见到了一只被驯化了的苍鹰。苍鹰站在一个老人的肩膀上，和来来往往的旅人合影。苍鹰浑身乌黑，翅膀张开有近两米长，眼神呆滞，但凶猛凌厉令人畏惧。只是此刻，旅人给它喂食，抚摸它，玩弄它，它就像一件奇异的玩具，它已不再是鹰，它的羽毛凌乱而肮脏。事实上，在新疆，在千里无垠的戈壁或荒漠里，当我们在旅途上蚂蚁一样疾速前行，突然，天空响起一阵尖叫，呜啊呜啊呜啊，长长的，犀利的，暴雨一样噼噼啪啪降下来，那是多么让人心醉神迷——苍鹰在盘旋，呈巨大的圆弧形，盘旋，下降，上升，再上升，再盘旋，翅膀驮着整个天空，翱翔。鹰飞行在高处，生活在峭壁万仞的悬崖上——它是鸟类中体形较大者，有一双犀利的眼睛，能在几千米高空看清老鼠、兔子、蛇的奔跑滑行；也是力量的象征，甚至它能捕获小型的山羊和羚羊，也能截杀飞行中的其他鸟类。鹰在空中盘旋时，只张大翅膀，或作轻缓扇动，或飘动滑翔；当需要下降时，它会收缩翅膀，迅速降落。它的飞翔仿佛是优美的舞蹈，自在又娴熟。而人是渺小的，荒丘也是渺小的，天空也是渺小的。鹰俯视大地，而我们必须顶礼仰望，一如仰望星辰。

约翰·巴勒斯是我非常喜爱的一位作家，是个自然主义者。1837 年，他出生在纽约州卡茨基尔山区一个农场，山林中色彩美丽斑斓、鸟儿歌声婉转，使他自小迷恋自然。他也是个博物学家，著有《鸟与诗人》《清新的原野》《河畔小屋》《醒来的森林》等。1921 年 3 月 29 日，83 岁的巴勒斯从加利福尼亚返回途中，在火车上逝世。他给终身伴侣留下最后一句话：我们离家有多远？他善于写鸟，各种鸟声写得惟妙惟肖，激情四溢，给人身临其境之感。他一生与自然相融，观鸟捕鱼打猎，住河畔木屋和山间石屋，在河边煮鱼烤山兔。我读他的《鸟与诗人》，选择在夜间宁静时分，躺在床上阅读，要不了半小时；我坐起来读，读到天色泛白。读他的书，最曼妙的时间是细雨霏霏的春夜，或者是大雁南飞的秋夜，雨声窸窸窣窣，清脆细密，或者雁声呱呱呱呱，一阵阵掠过窗外。我暗想，人若像鸟一样简简单单活着，是一件多么美好的事。

事实上，我们阅读的血液源头也是鸟。《诗经》开篇是《周南·关雎》："关关雎鸠，在河之洲。窈窕淑女，君子好逑。"据朱熹注解，雎鸠是一种"水鸟，一名王雎，状类凫鹥，今江淮间有之，生有定偶而不相乱，偶常并游而不相狎"。当然我现在也不知道雎鸠是一种什么鸟，我仍然固执地以为那就是鸳鸯（然而实际上鸳鸯并非一夫一妻制）。在我 18 岁读《诗经》时，便认定雎鸠是鸳鸯，鸳鸯并游如莲花并开。《邶风·击鼓》中说："死生契阔，与子成说。执子之手，与子偕老。于嗟阔兮，不我活兮。于嗟洵兮，不我信兮。"或许就是这样的境界。生有定偶而不相乱，是我们作为人子所向往的境界。

　　有很多种鸟都是一夫一妻制的，如乌鸦、大雁、白天鹅、黑天鹅、丹顶鹤和白头鹤、红嘴相思鸟、猫头鹰、信天翁，等等。比翼鸟也是一夫一妻制的，但它们是传说中的鸟，一目一翼，雌雄并翼而飞，以喻示夫妻恩爱。《山海经·海外南经》："比翼鸟在其东，其为鸟青、赤，两鸟比翼。一曰在南山东。" 2015 年，看 BBC 拍摄的纪录片《加拉帕戈斯群岛》时，我记住了叫信天翁的候鸟。纪录片介绍说，每年 4 月，信天翁从 4000 公里外，来到岛上繁衍后代。加岛信天翁有长达 50 年的生命期，终生只有一个配偶。宋代无名氏所写《九张机》："……四张机，鸳鸯织就欲双飞。可怜未老头先白。春波碧草，晓寒深处，相对浴红衣……七张机，鸳鸯织就又迟疑。只恐被人轻裁剪。分飞两处，一场离恨，何计再相随……"一对鸳鸯被写得如此心碎，浮萍乱世，怎堪执手相看。其实，鸳鸯非终生一夫一妻，古人喻其忠贞，是误读。

　　一代宗师朱耷，是明宁王后裔，19 岁那年，明亡，不久父亲去世，他便装聋作哑，改名雪个，潜居山野，剃发为僧，生活清贫，蓬头垢面。他善花鸟写意。晚年时署名八大山人。他画的鸟，要么一只脚站在树上，要么站在岩石上，或翻白眼，或瞪眼睛；树不长叶子，树枝突兀，刚硬，阴寒。《双鹰图》《柘木立鹰图》《松鹤阁》《鸟石阁》均是如此。在南昌市青云谱区，建有八大山人纪念馆，内有朱耷墓。墓地简陋，用红砖修葺，青草茵茵，有数百年树龄的樟树和罗汉松、苦树，意蕴悠远。400年前，朱耷在这里执掌道观，衣不蔽体，食不果腹。八大山人有一首题画诗言及："墨点无多泪点多，山河仍是旧山河。"一个王族后裔，一个贵族的没落之徒，一个目睹家国湮灭的潜野者，他所有的悲愤和孤傲，都寄寓在一只鸟的写意里。

我的故地在信江之北，饶北河上游，芭茅瑟瑟，灌木茂密。在低海拔的山林地区，有许多鸟栖息着。常见的是果鸽、燕子、竹鸡、乌鹈、麻雀、山雀、灰雀、田鸫、布谷、鹧鸪、斑鸠、杜鹃、夜莺、猫头鹰、老鹰、乌鸦、喜鹊、牛背鹭、环颈雉、苇莺、树鹨、田鹨，在水库里，不同的季节，还会见到斑嘴鸭、花脸鸭、赤膀鸭、鱼鹰、翠鸟、雪雁。还有一些鸟，我们见识了，也认不出来。2012年秋，一次，妈妈打电话给我，说，村里有一个捕鸟人，捕捉了一只鸟，你快来看看是什么鸟。我赶了400公里路，见到了它。村里没一个人认识，我也不认识。鸟的体形像鸽子，羽毛是一溜的浅黄色，没其他杂色，喙短无钩，奇异的是，身子比猫头鹰还大些，吃谷物，温驯。妈妈花了300块买来，我养了两天，把它放了。

灰雀爱吃蛆，常落在厕所瓦檐，翅膀黑白相间，冠绒羽一撮白，喊，喊，喊，叫声有些孤苦低怜。环颈雉一般在山地菜园边的草丛里，咯咯咯，带着一群小雏。环颈雉的长羽毛，在正月戏台上会出现。串堂班来到村里唱戏，二胡和月琴先是暖场，铙、钹、单皮鼓、锣鼓、唢呐，吭吭哐哐，撩拨人心发痒，武生出来了，头饰上插了两根艳丽的环颈雉的羽毛。在孩童时代，我以为世间最美的，就是环颈雉的羽毛了。最让人畏惧的是老鹰，在山崖上，在深夜时分，它的叫声像婴儿患病时发出的凄厉的惨叫。每次听到，我都用被子蒙住头，仿佛它在我房间盘旋似的。当然，最常见的是暮春初夏时的燕子，四季的麻雀，秋季谷物熟透时的果鸽和布谷。燕子在房梁衔泥筑巢，麻雀在墙洞安家。布谷鸟在桃花汛过后，在山林里，一声高一声低地呼唤情侣，咯——咕，咯——咕，也彼此应和，咯——咕，咯——咕。在20世纪90年代，家乡的乌鸦、喜鹊、燕子、麻雀鲜见。21世纪初，麻雀多起来，燕子又开始落户。有一种乌鸫，不知道别的地方有没有。它生活在有滴水的岩洞里，以食虫卵、蛾、蚊、蝇、蚯蚓等为生。据说，医治妇科病特别有效，但很难捕捉。我村里人很信这个。

这几年，城乡出现了吃鸟的恶劣之风。在我生活的城市里，有一家名曰百鸟朝凤的餐馆，用一个大铁锅架在桌上，锅里全是鸟肉。据店家说，锅里至少有20种鸟肉，麻雀、斑鸠、乌鸫、布谷、竹鸡、白鹭等，无不遭受扼杀。锅里全是鸟腿、鸟头、鸟翅膀，菜油咕咕地冒泡，辣椒刺鼻。餐馆三层，是个农家院子，门口停满了车。厨房门口有一个大箩筐，里面堆满了各色鸟毛。我去过一次，再也不去了。去的时候，看见一个女孩子蹲在饭桌下，号啕大哭，说鸟再也飞不了啦。我很难想象，把那么多的鸟，一个个地拧死，拔毛，破膛，剁头，斩翅，断腿，放在油锅里煮，这会是一个什么样的人。

大书法家王羲之喜欢观赏鹅的姿态,《晋书·王羲之传》记一事:"(羲之)性爱鹅,会稽有孤居姥养一鹅,善鸣。求市未能得,遂携亲友命驾就观。姥闻羲之将至,烹以待之,羲之叹惜弥日。"事实上,我们的家禽是由鸟驯化而来的。人类对鸟类的驯化,在数千年前就有了。家鹅由鸿雁驯化而来,绿头鸭驯化成了家鸭,疣鼻栖鸭驯化为番鸭,斑嘴鸭驯化成了麻鸭,鸡则由雉鸡和原鸡驯化而来。然而我们的欲望远不是"驯化"所能满足的。

我们筷子和刀叉的扼杀,以及对动植物领地的掠夺和污染,使得一些物种快速灭绝。很多物种还没来得及被科学家描述和命名就已经从地球上消失了。

或许有那么一天,麻雀灭绝,燕子灭绝,鱼鹰灭绝,信天翁灭绝,大雁灭绝。所有的飞鸟灭绝。我们再也理解不了这样的诗句:


落花人独立,微雨燕双飞。


月出惊山鸟,时鸣春涧中。

春眠不觉晓，处处闻啼鸟。

鸟宿池边树，僧敲月下门。

感时花溅泪，恨别鸟惊心。

白发悲花落，青云羡鸟飞。

那时，地球回到寂灭状态。人也将灭绝。但愿这样的一天，永远不要到来。当然，我不是一个悲观主义者。我愿意是一个这样的人——一个布道自然的人。每一天，能听到鸟声，是美好的。

## 每一只鸟活着都是奇迹

鸟无处不在。只要可以看见天空的地方，就可以看见鸟。

鸟的头顶上，只有天空。鸟的翅膀上，只有气流。鸟的鸣叫声如春雨洒向大野。苍茫大野，芳草萋萋，树木擎天，白雪皑皑，湖海渺渺——我们生活的地方，鸟在生活；我们无法远足之处，或许正是鸟的天堂。我们无法仰望的高处，鸟会抵达。

鸟是离我们最近的生灵之一。在窗外，在格子般的屋顶，在下午长坐的公园，在晨光洒落的林荫道，在通往远方的公路，在钟塔般的山巅——鸟以自然公民的身份，与我们同吸一份空气。

在我的生活中，鸟以陌生知音的方式，问候我，给我无以言说的欣悦。窗外的石榴树上，两只褐柳莺翘着毛茸茸的脑袋，在吃挂在蜘蛛网上的昆虫，它们在喊喊地叫。它们吵醒了我，我推开窗，阳光斜照进来。两只褐柳莺让我的一天，生动了起来。

一次，我在家中坐在屋檐下吃饭。饭有些硬，有米心，我把硬饭从碗里扒到地上，等鸡吃。鸡在田里。可没一会儿，三只麻雀来了，边吃边看我。过了十几分钟，又来了五六只，吃饭粒。我端着碗，不敢动，把饭一小筷子一小筷子，扒下地。一碗饭，扒得一粒不剩。麻雀来了 13 只，围着我吃。有一碗我不吃的硬饭，多好。

在鄱阳谢家滩排上村，我一个人走在无人的山林中，黄泥土路夹在椆榆、野樱、白背叶、苦竹、栲树之间，深秋干燥的土气似乎可以让人感知木枝欲燃的干裂。我眼睛瞭着树林，双脚疲惫。突然天空传来"嘎呀，嘎呀，嘎呀"的叫声。我抬头仰望，一只白腹隼雕在空中盘旋。它呈螺旋式盘旋，忽而高忽而低，绕着山坳。我怔怔地看着它。扁圆的浅灰蓝的天空，被白腹隼雕画出一圈圈无痕的影线。我喜滋滋地望着天空，即使白腹隼雕已消失于天际。

远远看去，河边一棵乐昌含笑，开满了白色的花。花朵如炸，一朵朵，如雪团堆在枝丫上。信江两岸怎么会有野生乐昌含笑呢？我走过去细看，原来是一棵叶芽油绿的乌桕树上，停满了白鹭。白鹭"开"在树上，在初夏的夕光中，如莹白的含笑花。

我在山中荒地，看见一只火斑鸠，窝在焦土上孵卵。我在离它十余米之处的矮松下，静静地坐下。我看着它。它扑着身子，头耷拉在收拢的翅肩上，眼睛机警地看着荒草稀稀的四周。我坐了一个多小时，火斑鸠飞走了。我看见了三枚鸟蛋。它的巢只有不多的干草。斑鸠一般营巢在树上或高大的芦苇丛，巢呈杯状，这只火斑鸠怎么会在焦土上营巢呢？巢怎么是扁平的呢？这个发现，让我惊喜了好几天。

鸟让我枯燥的生活，有许多意想不到的生趣。我把大部分的闲余时间，留给了旷野。我徒步去，去草木茂盛的河边，去空空的山坞，去狭长的峡谷，去深处的田野。鸟是我行踪的唯一知情者。只要我可以走向旷野，听鸟叫，看鸟飞，我的生命就不枯寂。坐在板栗树下打眄的时候，两只绿翅短脚鹎欢叫不休，我会像突然爱上一个人一样爱上它们。站在山腰歇气的时候，佛法僧从一个山梁飞向另一个山梁，我的视线追寻着它，像追寻海浪远去。

近乎天使的鸟，一生却充满了苦难、不幸和悲壮。

从"蛋"开始，鸟惊心动魄的一生便已开始。许多动物，喜欢吃鸟蛋。如蛇，黄鼬，蜥蜴，山鼠，野山猫等。蛋躺在巢里，三五个七八个，像做梦一样恬美。山鼠窥视着鸟巢，待亲鸟离巢，它溜了进去，尾巴把鸟蛋卷起来，拖走，躲在阴暗的角落，享受美味。黄鼬是个暴虐的杀手，即使母鸟在巢，它也龇牙，撕咬母鸟。母鸟弃巢而逃，一窝鸟蛋，被黄鼬吃得一个不剩。猎人因此以鸟蛋为诱饵，设置踏脚陷阱，捕获黄鼬。

所以，鸟秘密营巢于高枝，或灌木丛，或茅草丛，或高处岩石缝，以免被猎食者发现。可鸟的叫声和鸟蛋的腥味，会出卖自己。蛇，再高的枝，它可以爬上去；再深的洞，它可以钻进去。它探测器一样的芯子，会忽闪忽闪，它幽灵一样在草丛、树木、洞穴之间寻找美食。

在荣华山，我多次亲见蛇偷吃鸟蛋。它绕树而上，滑向枝头，扑向鸟巢，冷冷的气息让鸟惊惧。

家麻雀和家燕，是与人最亲近的鸟。家燕筑巢在农家厅堂的横梁上，每年4—7月是其繁殖期。乌梢蛇爬上屋顶，钻进瓦缝，顺着横梁，进入燕巢，吞食燕蛋，大快朵颐。家麻雀筑巢在土墙洞里，非常隐秘。土墙洞是夯墙时留下的毛竹洞，距地面比楼梯还高。有一种叫麻雀寸的蛇，全身有黑黄相间的蛇纹，像一根筷子，专吃麻雀蛋。我不知道这种蛇的学名叫什么，也不知道它是怎样爬上墙的。小时候摸麻雀蛋，手伸进墙洞，摸到冷冰冰的软软的物体，便是麻雀寸。

蛇也有自找死路的时候。雉科、夜鹰科、杜鹃科、鸨科、鸻科、鹗科、鹰科、鸥鹬科、咬鹃科、隼科等的大部分鸟，具有捕杀蛇的能力，因为它们都有尖利刚硬的爪和铁钩一样的喙。尤其是夜鹰科、鹗科、鹰科、隼科、鸥鹬科的鸟，把蛇抓起来，飞向高空，松开双爪，把蛇摔在岩石上，蛇骨碎断。杜鹃对蛇这样的敌手毫不心慈手软，十分凶狠，把蛇按在脚下，啄烂蛇头。走鹃干脆把蛇吞下去，边走边吞，寸骨寸肉都不浪费。

同类相残，更隐蔽。鸟有一种繁衍习性，叫巢寄生，指某些鸟类将卵产在其他鸟的巢中，由其他鸟（义亲）代为孵化和育雏的一种特殊的繁殖行为。鸟类学家已发现，大约5个科、80种鸟，有典型的巢寄生行为，数量占全世界鸟类总数的1%左右。黑头鸭、纵纹腹小鸮、长耳鸮、棕胸金鹃、大杜鹃、褐头牛鹂等鸟，都具有巢寄生的习性。有的宿主鸟幼雏与寄主鸟幼雏共生，纯属代养，如黑头鸭。它把卵产在潜鸭（也寄生在骨顶鸡、朱鹭、秧鸡等巢中）的窝里，由潜鸭代孵化、养育，直至成年。它不伤害义亲的蛋或雏鸟。但大部分巢寄生鸟，生性凶残。恶名昭著的，是大杜鹃和四声杜鹃。大杜鹃不营巢也不孵育，无固定配偶，将卵产于大苇莺、麻雀、灰喜鹊、棕头鸦雀、北红尾鸲、棕扇尾莺等雀形目鸟类巢中，由义亲代孵代养。大杜鹃幼鸟出壳，肉像熟透的柿子，它眼睛还没有睁开，便用屁股或脊背，把同窝的蛋，一个个推出窝，让义亲遭受"灭门"。

有一种鸟，比麻雀略大，很喜欢吃蜂蜜。它四季寻蜜，四处飞行。它腹部灰白色，背部青黄色，喙尖短坚硬。它不能破坏蜂巢而无法吃蜜的时候，甚至会飞到最

23

近的村庄，在离人很近的地方，发出刺耳的叫声，快乐地跳，以引起人的注意。它从一棵树飞到另一棵树，把人引到蜂巢。它隐藏在树上，看着人刮蜜。刮蜜人割了蜂巢，刮了蜜，把少量的蜜、蜂蜡和蜂蛹留给它。人们叫它指路鸟。它有一个甜蜜动人的学名：响蜜䴕。它比大杜鹃更凶残，破蛋出壳时喙带双钩（出生十天左右，双钩会自动脱落），能把其他出壳的雏鸟，全部杀死。即使是同类雏鸟，也相互残杀，只留下最后一只。

即使没有巢寄生，也并不意味着不"手足相残"。加拉帕戈斯群岛有一种鸟，叫纳斯卡鲣鸟，也叫橙嘴蓝脸鲣鸟，以乌贼、飞鱼等为食，它一窝产卵两枚，产卵相隔六天。第一只雏鸟会把第二只雏鸟驱赶到暴烈的太阳下，母鸟也不再给它喂食，任它活活饿死或脱水而死。鲸头鹳和金雕，也是如此，产卵两枚，弱小的一只被活活啄死，成为食物。体形较大的鹰、雕类鸟，每次产卵三枚左右。体壮的幼鸟感到饥饿时，亲鸟还没送来食物，便啄食最小的一只，再遇此类情况又会啄食第二只，直至剩下一只。白鹈鹕也如此，因雏鸟食量过大，亲鸟无法提供充足的食物时，最强壮的雏鸟把其他雏鸟赶走，任其自生自灭。雏鸟离开母鸟，唯一的结局，便是死亡。

这就是鸟世界著名的"杀婴现象"。很多鸟在孵化育雏时都会"杀婴"，让"同胞相杀""同巢相残"，弱肉强食，最强者生存。如苍鹭、白骨顶、黑水鸡等，在雏鸟众多又无法提供充足食物时，便开始"杀婴"。这是最残酷的选择。自然的法则让每一个物种，都经受生命垂死的考验。为了保留自己的基因，为了让自己的物种延续，让强者活下来，它们选择了"杀婴"。自然的道德高于伦理，它们选择了自己动手。食物的短缺和恶劣的自然环境，是一把夹棍，紧紧扼住了它们命运的咽喉。白鹤于每年5—6月，在西伯利亚等地繁殖。白鹤将巢筑在荒原冻土带的沼泽中，每窝产卵两枚，但通常只有一只能健康长大。

生命诞生，并不意味着拥有生命；拥有生命，也不意味着延续生命。这就是鸟。

从破壳开始，鸟的每一天，都惊心动魄。破壳的雏鸟要面临无法抗衡的自然灾害。如洪水，如暴风雪，如台风。东方白鹳属大型涉禽，是国家一级保护动物。它们有迁徙的习性，在东北的中、北部繁殖，在南方越冬。近年，在鄱阳湖区，有部分东方白鹳成了留鸟。2019 年 9 月，在鄱阳县、余干县、进贤县、南矶山，我看到了东方白鹳和它们的巢。

在南昌的三江口，我近距离观察到了东方白鹳。一对东方白鹳在沼泽（水淹没了的稻田）觅食。不远处的草洲，耸立着高压电线铁塔。它们把巢营造在高塔上。东方白鹳栖息于开阔偏僻的平原、草地和沼泽地带，尤其喜欢有稀疏高大树林的湖泊、河流和沼泽的开阔地。东方白鹳一般营巢在大树或铁架上，但在河岸或湖岸边，这样的树稀少，它们便在铁塔上营巢，巢呈盘状，比大脚盆还大。东方白鹳每窝产卵 3—5 枚，孵卵期一个月左右，繁殖期 4—6 月。

繁殖期正是南方雨季，也是暴风雨最猛烈的季节。暴风会把鸟巢掀翻下来，或者把雏鸟吹落下来。落下铁塔的雏鸟，很难逃脱被摔死的命运。所谓覆巢之下安有完卵。

雏鸟还是猛禽、蛇、野山猫的美食。猛禽在空中盘旋，发现巢中雏鸟喳喳叫，它把利爪插入雏鸟身体，叼啄分食。捕食者猎杀雏鸟时，亲鸟表现出无比的勇敢，与之周旋斗勇。在荣华山，我看过灰背燕尾斗白花蛇。灰背燕尾是一种非常洁净的鸟，头顶至背蓝灰色，腰和尾上覆羽白色，尾羽梯形成叉状，黑斑相间，堪称美观。它喜爱在山中涧泉边的岩石缝隙营巢，以水生昆虫、毛虫、螺蛳、昆虫卵为食。

山中溪涧，是蛇出没之处。蛇善捕食山老鼠、蜥蜴和小鸟。蛇盘在岩石上，吸收阳光的热量。白花蛇从溪涧游滑而来，溜上青苔斑斑的岩石。它嗅出了雏鸟的气味，慢慢滑向洞口。它冷飕飕的死亡之气，被灰背燕尾发现了，抖起翅膀，翘起长长的尾巴，唧儿，唧儿，唧儿，叫得十分激烈。另一只灰背燕尾从林中呼呼飞来，也对着白花蛇惊叫，边叫边甩着乌钢色的鸟喙。洞里的雏鸟，快速地拍打着翅膀，惊恐地叫。白花蛇昂起头，风吹青葙一样摇着。蛇鸟相峙了几分钟，蛇滑入了芭茅丛。


关山路远，始于翅膀。试飞是路途对飞翔者的第一次生命检阅。

飞 10 米。

飞 100 米。

飞 1000 米。

飞 3000 米。

低空飞。中空飞。高空飞。

山越来越小，河越来越长。关山飞渡。

但很多鸟，生命的长度不足 1000 米——试飞时，摔下来，翅膀折断，被掠食者分食，或活活饿死。鹭科鸟中，如大白鹭、小白鹭、白鹭、牛背鹭等鸟，有覆巢的现象，即雏鸟开始试飞，亲鸟把巢掀翻，不再回巢，逼迫雏鸟练飞。在南方 7 月的田野、河边和湖泊附近的草地，常见断翅的试飞鹭鸟。没有人的救助，它们将成为黄鼬的美食。

鸟漫长或短暂的一生，试飞是最难的一关。我捡到过试飞时折翅的雕鸮。小雕鸮从樟树高枝上掉下来，落入泱泱水田。我养在笼子里，买小鱼给它吃，它不吃；切肉碎给它吃，它也不吃。它的眼神显得凶恶，透出让人惊惧的阴绿之光。它撒开翅膀，像一架战斗机，张开钩喙，拒人于千里。养了三天，它便死了。那时还没有动物医院，我也不知如何救治，只能眼睁睁看着它死。

候鸟，或旅鸟，一生都奔波在旅程中。它们的一生，都与远方有关。它们是远方的探寻者和征服者。它们依据地球磁场、月盈月亏、风向、气候、草枯草荣、水涨水落，寻找远方的终点。

它们飞越海洋冰峰。它们飞越高山沙漠。它们因干渴而死。它们因饥饿而死。它们因疲倦而死。它们因受伤而死。它们因落伍而死。它们的翅膀剪开暖流寒潮，剪开雨雾霜雪，剪开白天黑夜。它们将忘我。它们将忘记生命。2019 年 12 月，江西举办鄱阳湖国际观鸟周，江西卫视拍摄的《飞向鄱阳湖　白鹤回家路》中卫星定位系统显示，白鹤从西伯利亚飞向鄱阳湖，全程约 5000 公里。只有强者，唯有强者，可以驾驶帆船一样的翅膀，长途飞行，飞往越冬地鄱阳湖。它们征服莽莽高山，征服茫茫荒漠。没有比鸟翅更高耸的山峰。没有比鸟翅更宽阔的大海。没有比鸟更轻的东西，它比蒲公英的种子还轻，轻得只剩下飞翔的梦想。鸟的翅膀，是天空裁剪下来的一角。鸟，是地球上最英勇的旅程征服者。

在全世界，已知鸟类达 9000 种，其中约 4000 种是候鸟。当候鸟迁徙时，数万只鸟，甚至数十万只鸟，作为一个种群，长途投奔于南北之间，振翅之声，数公里之外清晰可闻。天空在翅膀下翻卷，气流如大河奔泻，气吞万里。候鸟的用翅膀求证生命的长途，求证远方到底有多远。

候鸟的迁徙通常为春季从南向北，由越冬地飞向繁殖地；秋季从北向南，由繁殖地飞向越冬地。除非发生意外，候鸟迁徙的时间、途径年年不变。迁徙时，候鸟的必经之路，称为鸟道。

种群数量越大，在鸟道上，越是危机四伏。像鲨鱼截杀沙丁鱼一样，空中掠食者（游隼、雕、鸮等鸟）组成了阵列，肆意截杀。最残忍的是，在候鸟途中补充食物时，少数非法之徒架网、投毒，大量捕杀。鸟飞越了自然的屏障，却逃脱不了人欲的罗网。

鸟太弱小，尤其是体形较小的鸟，死亡是随时发生的。有一次我去水库玩，水库养了几百只麻鸭。养鸭人拉了一板车谷糟（酿酒剩料）给麻鸭吃。谷糟卸在水库边，上百只麻雀和一群鸭子，围着谷糟吃。鸭子吃着吃着，顺便把麻雀夹起来，吞进嘴巴里。我看了半个多小时，有七只麻雀被吃了。

没有安全之地，是鸟的宿命。鲣鸟、海鸥、信天翁，都是以海为生的凶猛鸟类，以鱼为主要食物。茫茫海面，它们自由翱翔。它们追逐风暴，追逐日出日落，追逐鱼群。它们是捕食者，它们也会成为海洋生物的美食。珍鲹、虎鲸、大翅鲸等，都具有捕食海鸟的能力，围成阵列，大肆捕杀海鸟。珍鲹根据海鸟在水面移动的影子，可以预判海鸟下降的速度和到达海面的时间，以此捕杀海鸟。

即使在平静的河流中，鸟也会被不知不觉掠杀。喀纳斯湖有一种鱼，叫哲罗鲑，长到较大后，蛰伏于湖底，吞食水獭等体形较大的动物。在较小时，生活在河流湍急处，以蛙、鱼、鸟为食。鸟在临河的树枝上嬉戏，快乐地鸣叫，在最快乐时，死亡之神紧紧抓住了它——哲罗鲑从鸟的倒影中，判断鸟距离水面的高度，跳起来，把鸟吞食。

于鸟而言，死亡并不神秘，而是出其不意。它可能死在清晨去觅食的空中，可能死在享受美食之时，也可能死在快乐的求偶声中。它无法摆脱随时被掠杀的宿命——作为食物，鸟简直过于完美。

人，是鸟类最大的天敌。把鸟囚禁在笼子里，作为豢养之物，悦其声，赏其羽。把鸟（如环颈雉、鹰、天鹅）的羽毛拔下来，当作饰品。拔毛取肉，填自己的皮囊。鸟作为一种交易的商品，被四处贩卖。

距离我家不远处，有一个葡萄园，约有百来亩。葡萄是人类栽种的最古老的水果之一，丰富的果糖让人迷恋，也让鸟迷恋。葡萄园呈四方形，打桩搭架，盖了薄塑料皮，铁丝网把葡萄棚罩起来。8月，葡萄开始糖化，很甜。每天几千只鸟，从铁丝网的破洞里，飞进去，吃葡萄，吃老鼠，吃昆虫。葡萄园是鸟类最丰盛的餐桌，各取所需。画眉、黄鹂等鸣禽，在这里纵情高歌，饕餮美食。麻雀，短脚鹎，柳莺，噪鹛，鹡鸰，在葡萄园里寻欢作乐。

到了傍晚，鸟回巢，从网洞里飞出去，哗啦啦，乌黑黑，往山边的灌木林飞。但每天有很多鸟，挂在铁丝网上，飞不出去。葡萄园的两个女工进到棚子里，拎一个大扁篮，一垄一垄捡鸟。女工用食指和中指，夹住鸟脖子，要不了三秒钟，鸟便没了呼吸，被扔进大扁篮。晚上拔毛，破膛，剁头，第二天早上卖到餐馆。小鸟十块三只，大鸟十块一只。自葡萄挂果开始，工人每天收鸟，至少百只，多时达600余只。9月底，葡萄收完，再也无鸟投网。

这是我所见到的，人对鸟最惊骇的杀戮。年复一年。糖分的诱惑，是致命的，鸟为食亡，它听命于食物。而人，远远还没有学会，更不懂得如何尊重生命，甚至不懂得尊重死亡。

而死去的鸟，塑造了活下来的鸟。鸟遵循活的法则，也遵循死的法则。


在公园一角，在湍急的溪流，在荒芜的草洲，在破败的村落——鸟作为自由生命的符号，落墨于天空的宣纸之上，与天空同在。旷野之中，一只只云雀高高在上，一对对大雁南飞，一行两行三行白鹭上青天——它们在飞翔，它们在鸣唱。它们所经历的九死一生，又有谁知道呢？

## 候鸟之殇

　　在鄱阳湖越冬的候鸟不知道自己会怎么死（意外死亡）。它飞着飞着，就掉了下来（被土枪射杀）；它睡着睡着，一头从树上栽了下来（被土铳射杀）；它吃着吃着，突然撒开翅膀，在地上扭动几下，僵硬了（食物中毒）；它嬉戏着，突然无法动弹，胸口迸射出一摊血（被网钩刺穿）。它们死得毫无征兆，死得毫无尊严，死得无比痛苦。死神降临之前，它们自由地飞翔，自由地鸣唱，自由地戏水。它和它的爱侣，它和它的孩子们，相亲相爱，在僻静之处，活得草木一样安静。它们是自由的天使，穿戴着华美的服饰，跳着美人鱼般的舞蹈，唱着天籁，在深蓝的湖泊，在莽莽的森林，在白雪无边的草洲，践行对生命的承诺：自由地爱，自由地活。

16 年前，即 2003 年之前，在鄱阳湖越冬的候鸟，在冬末春初之时，被大量地猎杀毒杀，一船一船的小天鹅、白额雁、豆雁、斑头雁、黑雁、绿翅鸭、鹊鸭、赤膀鸭、潜鸭、斑嘴鸭等，从乡间河道，运往隐秘之地（贩卖野鸟的秘密据点）交易。2019 年秋，在鄱阳湖畔，我遇见一位候鸟保护志愿者，当他谈起目睹野鸟被大肆捕杀的那段经历，仍然痛心疾首，泪水涟涟，说："造孽啊，杀生的孽障，他们（猎鸟者）搭上下辈子也赎不回来。"

　　鄱阳湖是我国最大的淡水湖，是世界最大的冬候鸟越冬地之一。无数的小湖泊，如珍珠般镶嵌在鄱阳湖四周，冬日之下，银光闪闪，如夜空繁星璀璨。康山是个半岛，原来叫康郎山，属余干县管辖，坐落在鄱阳湖东南岸。朱元璋在此以火攻，灭陈兵，射杀陈友谅。

　　康山三面环水，湖名大明湖，处于鄱阳湖南岸，被康山大堤圆弧形拦截，如一个大脚盆，总面积 13 万多亩，水位常年在三米左右，是江西省第二大内湖。比邻大明湖，有草洲，名甘泉洲，在围堰筑堤以前，乃茫茫湖泊。朱元璋兵马屯于此安歇，饮水洗马，谓落脚湖。湖已经消失了，地名却一直沿袭了下来。当地人称落脚湖为四万亩，苍莽广阔，是余干人粮食主产地之一。围湖而成的良田，土地肥沃，可耕种，可养殖，是鄱阳湖畔的一块宝地。古竹乡朱家村在落脚湖边，有不少村民，租用落脚湖的良田种稻，或挖塘养鱼，或挖塘种植莲藕、芡实。

大明湖一带是小天鹅的主要越冬地之一，也是其他越冬候鸟的主要栖息地之一，每年来大明湖的冬候鸟超过十万只。小天鹅属于雁形目鸭科鸟类，游禽，全身洁白如雪覆盖，嘴端黑色，嘴基黄色，成群结队生活，以水生植物的叶、茎、根须和种子为食，也吃螺类、虫子、小鱼虾。夏季在北极苔原带繁殖，11月初到11月中旬，至鄱阳湖越冬，以六只以上为小群或家族迁徙，沿途集群上万。每年都有数万只小天鹅在鄱阳湖栖息，每日清晨或夕阳西下时分，外出觅食或归巢时，遮天蔽日，蔚为壮观。

小天鹅尤其爱吃藨草。藨草抗寒耐湿，为莎草科植物，生长于河边、湖边、水塘边、沟边、烂泥田边、草泽地，匍匐根状茎，三棱形的秆散生。秆可搓绳子；叶可吃，叫作苏菜。冬季的鄱阳湖，水回落，露出无边无际的草洲。薁草匐地而生，铺天盖地，一眼望不到边。似乎它专为小天鹅而生。天还没完全亮，成群的天鹅"叩，叩，叩"地叫，响彻天宇，去草洲吃薁草根须。冬春季下来，小天鹅长得肥嘟嘟，为万里迢迢的北归之途，养出了足够健硕的身体。

可这五年，秋日天气一年比一年干旱，干旱时间早且长。2019 年，足足干旱了五个月，仅下了几场雨。有些草泽地还没长出草，便完全干涸了，草芽被晒死，成了茫茫黄土或黑土滩，风沙肆虐。小天鹅的食物严重短缺，它们迫不得已，来到农田或养殖场觅食。

没了薁草，芡实的果实成了小天鹅最爱的食物。落脚湖种植了连片的芡实。芡实是睡莲科芡属一年生的水生草本植物，是名贵中药材。芡实 7—8 月开花，8—9 月结果，浆果紫红色，种子黑色球形。弘景说："此即今芡子也。茎上花似鸡冠，故名鸡头。"深秋初冬正是收芡实的季节，也是小天鹅食物匮乏的时候。鸟与人争食，造成了鸟的悲剧。

天没开亮，小天鹅来到了落脚湖，嗦嗦嗦嗦地吃食。养殖场的水塘干浅了，硕硕的芡实裸露在水塘里。养殖场的工人，外地来猎鸟的人，凌晨守在水塘边，捕猎小天鹅。捕猎得手了，开着车子逃跑。吃食的小天鹅惊慌而散，再也不敢来吃食。

　　落脚湖与古竹乡相连相通。古竹乡朱福华的家族世代行医，他却是个例外。他选择了中药种植，以种植芡实为主。朱福华是 1983 年出生的，高中毕业，个头高挑，清瘦但结实，因常年在野外暴晒，皮肤黝黑，说话有浓重的地方口音。朱家村田地多，但饱受洪水之害，生活水平比较低。物资贫乏，对物质资源的争夺，也格外激烈。冬候鸟，成了物资贫乏年代的"牺牲品"。那时候捕杀冬候鸟，贩卖冬候鸟，是朱家村人的收入来源之一。朱福华从小目睹这些杀戮，一只只活的鸟转眼间便死了，这让他难以接受。他成年之后，决心守护落脚湖的天鹅。他的芡实，任由小天鹅吃。但其他养殖场却并非如此，要么偷偷捕杀要么驱赶。茫茫鄱阳湖，小天鹅的吃食成了大问题。朱福华奔走于每一个养殖场，恳请乡亲放小天鹅一条生路。候鸟来越冬时，他常骑摩托车，手上拿一根铁棍，在落脚湖巡逻。他做好了随时和猎鸟人打架的准备，他认鸟不认人，谁伤害鸟，他和谁来事。他说，鸟活一辈子只有一条命，人活一辈子也只有一条命，凭什么人吃鸟杀鸟。

村里再也没人去捕捉小天鹅了。但不等于小天鹅能安全越冬。外地人会来。2015 年冬，有一天晚上，天黑得伸手不见五指。落脚湖来了一辆车，灯光格外刺眼。车停在种植芡实的塘边，被朱福华发现了。朱福华心想，摸黑来无人的落脚湖，开着车，肯定不会干什么好事。他开着摩托车靠近车子。他们来了三个人，打着强光手电筒，正蹲在塘边照天鹅。小天鹅被强光照着，不会动，也不会叫。这是三个偷小天鹅的人，朱福华心里有数了。他亮开嗓子呵斥一声："你们的车牌是外地的，你们跑到这里偷天鹅，是不是以为神不知鬼不觉呢？这里的天鹅，好几年都没被人偷过，都安安全全过冬。你们想来这里干坏事，想错了。"

三个偷捕小天鹅的男人，被突如其来的一声呵斥，吓得惊慌了起来，站起身，见只有一个男人站在面前，便说："你不要多管闲事，不然惹祸上身。"三个男人围过来。朱福华从摩托车后座，抽出一根钢筋，粗粗的，握在手上，说："你们想打架？我这根钢筋专门用来打偷天鹅的人，你们还不走，我马上报告野生动物保护站执法人员了。"被呵斥的三个男人，面面相觑，开起车子跑了。

种芡实，在下种之前，需要给水塘消毒，以防寄生虫和其他害虫滋生。消毒物为呋喃丹。呋喃丹毒性强，污染水质和土壤可长达 20 年。在呋喃丹污染了的水质中生长的芡实，被小天鹅吃了，会带来什么影响呢？会影响小天鹅的生殖系统吗？会影响它的寿命吗？不得而知。我在网上查阅了很多资料，也没有确切结论。

养殖户给小天鹅吃的芡实，政府暂时还没有专项补偿。因为有了野生动物保护站的人和朱福华的巡逻，养殖户忍受着损失，但终究不是长久之计——忍耐是有限度的——五分之一（甚至更多）的芡实，会被小天鹅吃掉。朱福华却显得很乐观，说："只要小天鹅吃得高兴，我让它吃。小天鹅来落脚湖，是我们的荣耀。我们种植芡实的人有约定，让小天鹅吃，不能赶它。鄱阳湖是我们的家，也是天鹅的家。"

小天鹅是非常聪明的鸟，机灵、敏感，不让人走近。小天鹅每次吃食，让其中一只先吃半小时，吃食的小天鹅没有发生意外，其余的小天鹅才会一起吃。但小天鹅不害怕种芡实的人。他们收芡实，小天鹅吃芡实。朱福华说。

坐落在大明湖南岸的石口镇，河汊交错，与山塘、小湖泊以及稻田，形成大地的"竹筛"。世世代代的石口人，以湖为生，以田养家。重洲村毗湖而建，村后的丘陵森林茂密，如南方水岸的世外桃源。大多数候鸟栖息于树，觅食于浅滩、浅湖、开阔的河流和平坦的草洲、草泽地。重洲村成了候鸟（以鹭科鸟为主）的首选栖息地。树林里，到处栖息着候鸟，鸟声不绝于耳。

如果说，有鸟的天堂，那么这里就是。

如果说，有鸟的地狱，那么这里也是。

天堂和地狱之间，只隔一扇虚掩的门。门打开，天堂沦为地狱。

捕鸟有四种特别残忍的方式。投毒、架天网，是广为人知的残忍方式。还有两种方式更为残忍、更为恶毒：挂龙钩，放排铳。

把农药拌在玉米或黄豆里，撒在稻田、菜地或浅滩，候鸟吃了，要不了几分钟，便被毒死。几十只，上百只被毒死。村民挑着箩筐去捡死鸟，拉到秘密交易点卖。毒死的鸟，卖不出好价钱，于是他们在树林里架网，一张网，几百米上千米长，包围了丘陵。晚归投林的鸟，纷纷落网。第二天清晨，网上挂满了鸟，像挂着一排排葫芦。鸟落网，奋力挣扎，翅膀断裂，羽毛落了一地，被活活冻死。

汛期之后，鄱阳湖的鱼肥壮，鱼群掠水而起，畅游嬉戏。这是捕鱼的好季节。重洲人把龙钩挂在水里，鱼群游过去，大鱼挂在钩里，再也无法挣脱。龙钩是弯钩，又粗又尖利，结在绳子上。把绳子拉直拉长，拉在草洲中，一排排，密密麻麻。灰雁、白额雁、斑头雁、斑嘴鸭、绿翅鸭等体形较大的水鸟，喜欢在草洲、沼泽地觅食或活动。龙钩成了它们的死亡陷阱，扎在龙钩上，活活扎死，满身鲜血，惨叫声响彻天宇。

湖区人剽悍，家家户户有土铳。土铳灌散弹，射面呈半扇形。村人把土铳安在一个架子上，分上、中、下三排，一排九把，射杀鸟。他们把鸟驱赶到一棵大树上，等鸟安静下来，把排铳同时扣响，射向大树。鸟不管是低飞，还是中高飞，都会被土铳的散弹射杀，放一次排铳，会射杀几百只，甚至上千只鸟。

村里每一次捕杀的鸟，足可装一船，鸟堆积如草垛，触目惊心。

这是一个杀鸟如麻的村子。捕杀了几年，候鸟再也不去重洲村越冬了。这些大规模猎杀鸟的事情，发生在20年前。

余泽英是重洲人，他在青少年时代目睹了鸟的惨剧，在心里埋下了"复仇的种子"。他在年少时，便偷偷护鸟，用镰刀去割龙钩，焚烧鸟网。他把他父亲挂在菜地的鸟网，点一把柴火，烧得干干净净。他父亲再也不捕鸟了。他父亲是被他阻止捕鸟的第一个人。成年后，他成了护鸟志愿者。他说，假如鄱阳湖没有鸟，我们愧对子子孙孙，愧对美丽的鄱阳湖。

"候鸟也是鄱阳湖的主要物产，和鱼一样，为湖区人所用所有所享。"这是老一辈湖区人根深蒂固的一个观念。捕鸟，和捕鱼一样，老一辈湖区人没什么禁忌。

雷小勇是余干东塘乡人，1999年进入余干县野生动物保护站工作，2012年任保护站站长至今，从事野生动物保护工作21年。雷小勇说，在他的学生时代，本村人都捕猎候鸟，等人收购，卖到外地，本地人几乎不吃鸟。"很多人的学费，都靠卖候鸟支付。那个物资贫乏收入低微的年代，已一去不复返了。余干是劳务输出大县，大部分农村劳动力去浙江、广东、上海、江苏等地打工或做生意。湖区人对鄱阳湖的资源依赖越来越少了。自2004年以来，余干没有发生过恶性非法捕鸟事件。"雷小勇说。2017年，他组织成立了候鸟保护志愿者协会。他说："我一生都会致力候鸟保护。它们和我们一样，都是鄱阳湖的子民。"

捕杀猎杀候鸟的违法恶性事件，近15年在鄱阳湖区已很少发生。2019年，零发生。鄱阳湖已开始为期十年的禁渔，渔民结网上岸。

死亡，是个体生命的直接消失。候鸟之大殇，却因鄱阳湖区湿地的碎片化。湿地是候鸟之根。在进贤县，在南昌县，在鄱阳湖，在抚溪、赣江等河流交汇入湖之处，湖滩被不法分子垦荒屯田，围堰造田，挖滩改塘，面积之大触目惊心。有的甚至大肆侵占草洲和草泽地。香油洲是鄱阳湖最大的草洲之一，是冬候鸟的主要觅食地和栖息地之一，近年已建成了旅游景区，成为鄱阳湖的观鸟胜地之一。候鸟是性胆怯、机敏、警惕人的物种。人去了，候鸟很少来，或不来。我去了香油洲，走在几公里长的游览道上，无比痛心，也无比悲哀——为候鸟悲哀，为鄱阳湖悲哀。

湖区草泽地的蓼花，在秋日，开得艳丽娇美，延绵数平方公里，甚至数十平方公里。这是湖区秋花斗艳的胜景，游人如织。孩子们在蓼花间骑自行车，女人们忙着摆拍。蓼花盛开，在我朋友圈，常有人发"人在花中，岁月静好"的九宫格。我很反感。蓼草的嫩芽是鸿雁、豆雁、灰雁、白额雁、灰鹤的主要食物，白鹤、天鹅也少量吃食。大面积蓼草被毁，候鸟的食物会严重匮乏。

湿地的碎片化，是难以逆转的。太多的人，太多的利益，纠葛在这里。湿地越少，候鸟越少。据当地部分新闻报导可知：每年来鄱阳湖越冬的候鸟有约 60 万羽、381 种，其中白鹤 4000 多只，占全球白鹤总数的 98% 左右；白枕鹤 3000 多只，占全球白枕鹤总数的 70% 以上；世界上最大的鸿雁种群在此越冬，超 6 万只；中国最大小天鹅种群冬天在此栖息，最高数量超 9 万只；全球 80% 的东方白鹳，把鄱阳湖当作家园；十几种在南北半球间迁徙的鸻鹬类候鸟在鄱阳湖补充食物，其数量也达到了其全球总数量的1%以上。鄱阳湖是大量珍稀候鸟迁徙途中的主要通道和停歇地，在全球生态平衡中，扮演了举足轻重的角色。湿地的加速碎片化，是否可以继续支撑这么庞大的鸟类活动，让人堪忧。

鸟作为一种物产的时代，已结束。把鸟视作一种美味的食物，是人的狭隘和自私。把鸟美丽的羽毛用作饰物，是人的虚荣。人为了满足私欲和虚荣，捕杀鸟，是人的残忍。


冬日，站在鄱阳湖边，橙黄色天空之下，看着斑嘴鸭、白额雁、灰鹤等候鸟，驮着落日，披着夕光，嘎嘎嘎嘎地叫，幸福晚归。我不胜喜悦，也竟然莫名悲伤。

# 鹭鸟是大地的时钟

2月，南方的旷野油青，桃花开始爆蕾。时而稀稀时而稠稠的春雨，梳洗着大地。雨沿着墙根，沿着草根，慢慢汇到田畴，汇到水沟，河流上涨。鱼斗水而上，逐浪飞波，寻觅草丛产卵。天晦暗又阴潮。石板上，屋檐下，青黝色的苔藓水汪汪。我等着惊蛰这个节气到来。惊蛰，带来了春雷，也带来了万里之遥的白鹭。

白鹭，是南方核心的写意符号之一。如北方的雪。没有白鹭，南方还能称为南方吗？它们一行行地书写，把大地的原色书写在蓝天。它们是河流的缩影，是湖泊的代名词，是草泽的别称。它们以人字的队形，掠过我们头顶，嘎嘎嘎，叫得我们驻足，仰望它们。白鹭是奔跑在空中的白马，是河边的翩翩少年。白鹭是梨花也是桃花。白鹭是青青禾苗，也是细细柳枝。白鹭是河面飘过的《茉莉花》，也是树林深处的《生佛不二》。

在春寒料峭的雨日，我等着白鹭来。白鹭飞过南方葱茏的开阔田野，会把我从房子（房子是肉身的另一种囚牢）里提出来，领着我走向自由的无边世界。我追随着它，戴着雨水打湿的斗笠，去芦芽抽叶的河边，去翻耕的泱泱水田。

白鹭飞，鳜鱼肥，莲藕泥里发芽，山樱始华。"两个黄鹂鸣翠柳，一行白鹭上青天。窗含西岭千秋雪，门泊东吴万里船。"杜甫喜不自胜。他一生漂泊，关心民间疾苦，诗作多为沉郁顿挫，少有清新明媚之作。公元763年，安史之乱得以平定，之后杜甫回到成都草堂，春风扶摇，翠柳依依，黄鹂啼鸣，白鹭斜飞，信笔落墨。

鸟的舞姿，鸟的啼鸣，都是天籁之美，给人喜悦。

在千余年之后，我重读这首《绝句》时，作为一个土生土长的南方人，我又获得了自然知识：柳树吐绿时，白鹭在南方翩翩飞舞；白鹭群居生活。假如杜甫看见二十几万只白鹭栖息在一片树林里，他又会写出什么样的诗句？

数十万只白鹭，那该有多么壮观？——我看过这样的场面。

南昌西北郊新建区的象山森林公园，属于丘陵和湿地交错地带，比邻鄱阳湖，地势平缓，山塘众多，湖滨虾螺丰富。每年3月初，便有白鹭遮天蔽日，迁徙而来，筑巢、孵卵、育雏，在这里无忧无虑生活。

我在象山野生动物保护站得知，鹭鸟是鹳形目鹭科鸟类，在1980年代开始来到象山，一年比一年多，栖满了树梢，在1989至1993年，达到繁盛时期，据鸟类观察家监测，最多时，达60余万羽，计12种；象山森林公园是全世界最大的鹭鸟栖息地之一，有九种鹭鸟常年来到这里繁殖，最多时，有14种鹭鸟来此安居。

鹭鸟是涉禽，常见的鹭鸟有大白鹭、中白鹭、小白鹭、黄嘴白鹭、岩鹭、夜鹭、草鹭、池鹭等。鹭鸟去沼泽地、湖泊、潮湿的森林和其他湿地环境，捕食浅水中的鱼虾类、两栖类动物。春天，正是稻田里秧苗旺长的季节，几十万鹭鸟落在稻田觅食。

惊蛰，古称"启蛰"，是二十四节气中的第三个节气，干支历卯月的起始，标志着仲春时节的开始。农谚说"惊蛰麦直""惊蛰，蛇虫百脚开食"，惊蛰到了，三麦拔节，毛桃爆芽，杂草返青，百虫苏醒开食，开始有雷声和蛙鸣。《月令七十二候集解》："二月节……万物出乎震，震为雷，故曰惊蛰，是蛰虫惊而出走矣。"李善注引《吕氏春秋》时说："闻春始雷，则蛰虫动矣。"从这一天开始，气温上升，土地解冻，南方地区进入春耕季节。桃花开，鱼虾肥。

惊蛰后的第三天，第一批鹭鸟来了，呼呼呼，驱赶着惊雷，云一样盖过来。满天空都是呱呱呱的鹭叫声。到了象山森林公园，鹭鸟便一直在森林上空盘旋，呱呱叫。

这是一片郁郁葱葱的开阔树林，平缓的林面像轻微起伏的湖泊，墨绿色，散发杉木油脂浓郁的芳香。

这一切，从万里之遥而来的鹭鸟最为熟悉。树林的颜色，树林的气味，树林的形状，网纹一样，烙印在鹭鸟的大脑里。鹭鸟有关节气的记忆，与生俱来。第一批鸟来，它们并不急于在树林里过夜，也不急于选择林地。它们在杉林上空盘旋，在林子里面来回飞，起起落落，在树上跳来跳去，拍打着翅膀，亮开嗓子叫。在象山森林公园飞了两天，鹭鸟最终确认，树林没有毁坏，林子里没有网。鹭鸟似乎在说：这片林子，和去年的林子一样，适合安居，食物丰富，生活平安。

来的第一批鸟，至少万只。它们找到了去年筑巢的树，那些树依然冲冠而上，蓬松婆娑，开杈的枝丫欣欣向荣。大部分鹭鸟，都是在这里出生的，这是它们的故园，是它们在遥远他乡日思夜想的故土。这里有它们的食物，有它们的天空，有它们的壮阔的湖滨。

最后一批来到象山森林公园的鹭鸟，在惊蛰之后的第六日。20万只鹭鸟，在近七平方公里的森林，安歇了下来。浑身雪白的白鹭像羽扇纶巾的公子，绿色羽毛的池鹭像穿袍服的高雅贤士，黄色的草鹭像隐居在乡间的隐者，麻色的麻鹭则像个道姑，苍鹭像翩翩俊俏的公主。

相较于数量庞大的鹭鸟群，森林面积不算大，甚至可说，它们是挤在一起的。但它们从不争夺营巢之地。各类鹭鸟选择不同的树林片区营巢，分片栖息：麻鹭灰鹭在东片林，白鹭在西片林，池鹭与草鹭在南片林。夜晚降临时，树梢上，白鹭如群星闪闪。它们在森林里，婀娜多姿，翔舞翩翩。

我国有鹭科鸟禽 20 种，其中白鹭属最为珍贵，也是鹭鸟中极美的一种。白鹭属共有 13 种鸟，其中大白鹭、中白鹭、白鹭（小白鹭）和雪鹭四种鹭鸟体羽皆全白，通称为白鹭。白鹭也叫白鹭鸶、白鸟、春锄、鹭鸶、丝琴、雪客、一杯鹭。乳白色的羽毛像白色的丝绸，覆盖全身。繁殖季节有颀长的装饰性婚羽，在东方的古代礼服和西方的女帽上，被用作贵重的饰物。

白鹭站在田野里，扬起长颈轻啼，长长的脚支撑着雪团似的身子，确实很优雅，像修道院里穿白袍的修士。

白鹭的美，让人震撼。从美学上，它代表东方古典美学的审美标准：纯洁，近乎留白的虚化，高蹈，静中有动，虚实相生。当白鹭突然出现在油青的旷野，会一下击中我们的内心——南方田园油画般的静穆和空灵。

白鹭也因此一直"飞"在我们的古典诗词里。南北朝时期的诗人萧纲写过《采莲曲》：

晚日照空矶，采莲承晚晖。

风起湖难渡，莲多采未稀。

棹动芙蓉落，船移白鹭飞。

52

荷丝傍绕腕，菱角远牵衣。

莲蓬熟时，正是白鹭幼雏试飞的时候。莲塘多鱼虾多蜗牛，白鹭啄食，养肥身子，以便继续往东迁徙。

唐代诗人张志和写的《渔歌子·西塞山前白鹭飞》，却是另一番景象：

西塞山前白鹭飞，桃花流水鳜鱼肥。
青箬笠，绿蓑衣，斜风细雨不须归。

桃花初开，鳜鱼产卵，南方细雨绵绵，正是白鹭初来西塞之时。在诗人眼里，白鹭不单单是美景，还是田园生活的积极写照。

宋代诗人丘葵写了一首《白鹭》：

众禽无此格，玉立一间身。
清似参禅客，癯如辟谷人。
绿秧青草外，枯苇败荷滨。
口体犹相累，终朝觅细鳞。

把白鹭比喻成禅客，是他自己的另一个形象。丘葵成长于南宋末年，社会动荡，笃修朱子性理之学，而终生隐居，不求人知，长期避居海岛。明代的著名方志学家黄仲昭在《八闽通志·卷六十七·人物·泉州府》中说："丘葵，字吉甫，号钓矶，同安人。风度修然，如振鹭立鹤。初从辛介叔学，后从信州吴平甫授《春秋》，亲炙吕大圭、洪大锡之门最久。时宋末科举废，杜门刻志，学不求知于人。"白鹭高洁，飞翔在湖泊村野，栖于高枝，是自由、纯洁、高贵的象征。

在南方，鹭鸟是常见的夏候鸟。在田野，在河边，在湖滩，它们三五成群，低空飞，孩子一样戏水，甩着长长的鸟喙，掠起翅膀，嘎嘎叫。晚歇时，夕阳已落山，暮气垂落，天空稀稀澄明。鹭鸟贴着山边归巢。

鹭鸟初到象山森林公园，雄鸟开始求偶。呱哇，呱哇，呱哇，雄鸟的叫声，特别响亮，像街上吹口哨的青年。雄鸟边飞边叫，在秧田觅食也叫，探出尖尖的头。鹭鸟只有在求偶时，才会叫个不停，嘎嘎，嘎嘎。因为爱情，它们有了海潮般涌动的激情，如潮汐，在月下哗哗作响，浪奔浪涌。早晨，晚上，树梢上，湖滨，扑扇着翅膀跳舞。它的脚细长，翅膀张开，像涨满了风的船帆。雌鸟也跟着跳舞，浑身颤动，像初恋的少女。

鹭鸟求偶期一般是一个月，之后便是营巢、产卵、孵卵、育雏。巢大多营造在杉树、樟树、枫树、槐树等树的高枝之上，无高大树木时，也营造在偏僻无人的岩石高处。巢用枯枝搭建，浅碟形，结构简单粗糙，巢体比较大。"夫妻"共同抱窝，卵淡蓝色或绿色，壳面光滑细腻，卵体较大，椭圆形两头圆尖，和麻鸭蛋差不多。

一只鸟抱窝，另一只鸟觅食，相互交替。抱窝近一个月，幼雏出壳，毛茸茸的脑袋从壳里露出来，探出毛茸茸的身子。白鹭破壳，绒毛便是雪丝般的乳白色。育雏需要两个月，一只鸟护巢，另一只鸟觅食。雏鸟食量大，鸟爹鸟妈整日来回奔波，四处觅食。

鹭鸟有"覆巢"的习性。巢期生活约一个月，小鹭鸟试飞了，鸟爹鸟妈把鸟巢掀翻，不让雏鸟窝在巢里。"父母之爱子，必为之计深远。"鹭鸟如人类智慧的父母一样，懂得生之艰难，为子女作长远打算：没有练就一双坚硬的翅膀，飞不了远途。在6月中下旬，每天有数万只小鹭鸟在试飞，扑棱棱从树梢上跌跌撞撞地起飞，摇摆着身子，晃着晃着，纸飞机一样飞。第一天，飞十几米、几十米；第二天，飞百余米、几百米；第三天，飞千余米、几千米。

是的，鸟的生命在于飞翔，在于征服遥远的旅途。

覆巢那几天，有些雏鸟还不能熟练飞，哪怕飞几百米远。雏鸟举起翅膀，拍几下，落了下来。在没有人看护的情况下，落下来的雏鸟基本上落入其他动物口中，或活活饿死。它们回不到枝头，觅不了食，也不被喂食。鸟爹鸟妈眼睁睁看着它们，乱拍翅膀，作最后的挣扎。

肥美的湖滨，把雏鸟养大了，养肥了，它们会飞了，翱翔在蓝天下。但它们暂时还不会离开象山，还要继续觅食。因为更远更艰难的征途在等待它们。它们将去南粤，作最后的休整，再飞越高山大海，去往渺渺的异乡。

秋分这一天太阳到达黄经一百八十度，开始昼短夜长。《月令七十二候集解》："八月中，解见春分""分者平也，此当九十日之半，故谓之分"。分就是半。秋分有三候："一候雷始收声；二候蛰虫坯户；三候水始涸。"秋分后阴气开始旺盛，不再打雷；天气变冷，小虫蛰居土穴；天气干燥，雨水变少。农谚说："白露早，寒露迟，秋分种麦正当时。"繁忙的秋种，已开始。虫惊，为惊蛰；虫蛰，为秋分。这是一个生命周期。万物轮回。在这一天，鹭鸟远飞，离开象山，在南粤短暂休憩，继而继续南飞，度过寒冷的冬天。

白鹭悉数离开南方。它们依时而来，依时而去，像大地转动的时钟。

## 黑水鸡家族

在 2017 年之前，我从没见过黑水鸡。很多人以为黑水鸡和环颈雉、黄腹锦鸡等雉科鸟类有亲缘关系，其实它们八竿子也打不着。鹤形目秧鸡科家族，是一个很小的家族，在中国分布有董鸡、白骨顶、黑水鸡、紫水鸡等不多的几种。

秧鸡科鸟类一般生活在沼泽地、大湖泊岸边、开阔河流地带等水泽之处，属于涉禽，以虾、螺、泥鳅、蜗牛等为主要食物，筑巢在芦苇、茅草、水生植物等隐蔽之处。

2017 年 4 月，在饶北河中上游，枫林村河滩，我第一次见到黑水鸡。黑水鸡，顾名思义，以水域为生活区，善奔走，全身羽毛乌黑，体形如鸡。河边，夏日清凉，在早晨，在傍晚，沿着河边的沙土路散步，一边走一边看着河水，听着鸟语，是件很爽心的事。这一带，我走得太多，哪儿有什么树，哪儿有一块大石块，哪儿有几根桂竹，哪儿有芦苇丛，我烂熟于心。

因为过于熟悉，像对一个熟人一样，一个眼神一个手势，都知道是什么意思，反而会忽略隐藏在心底的部分。对这一段河滩，我已没有了观察陌生之物的细心。这么熟悉的地方，怎么会有我不知道的呢？河里游着几只胡鸭，捕鱼人一天网多少鱼，我都清楚；在不同的季节，鱼篓里有多少鲫鱼，有多少泥鳅，有多少宽鳍鱲，有多少银鲅，我都清楚；只有桃花汛之后，鱼篓里才有草鱼、鲤鱼，这我也知道。

水鸟，只有白鹭和小鹏鹏。尤其是白鹭，风筝一样在水面飞过，一只接一只，形成一个人字队形。即使在鹭鸟南飞之后的冬天，仍有不多的白鹭留下来。像一个个孤客，穿着白袍长裳，在大雪中，做一个凄苦的隐者。常年生活在河边的褐河乌，在石块上摆动着黑色的短裙，翘着尾巴，跳着阿拉伯的裙子舞。这是四季都有的。

有一次，清晨下了一阵暴雨，空气裹着雨腥。我起得早，拿了一根君子竹（用于驱蛇），去河滩闲逛。太阳还没上山，东边古城山投映过来的天空，却飞翔着碎桃花似的红色。在一块几十平方米的河中草滩上，我看见了两只鸟，八月鸡一般大，胖嘟嘟，全身羽毛乌黑，嘴端淡黄绿色，上嘴基部至额板深血红色，双脚淡黄且长，像两根木质筷子。两只鸟紧挨着一棵小柳树，沿着水边快速地啄食。我一眼认出，那是两只黑水鸡。

我从没想到能遇见黑水鸡。小草滩距沙土路不足二十米，我蹲下身子，躲在洋槐树下，视线一刻也不离开它们。两头水牛从上游的草滩下来，浑身泥浆，泥水顺着皮毛，呈线状滴下来。在一个深水潭，牛扑通蹚水下去，水声惊动了黑水鸡，啪啪啪，它们涉过浅水，迅速走到另一块小草滩，不见了。过了十多分钟，它们出现在一处裸露的石滩上。因为之前的暴雨，河水轻涨，石滩一半被水淹没，一半露出乌黑的圆石。黑水鸡抖着尾巴，发出"咯咯"的叫声，低低的，似乎发声器刻意被挤压着，但很清脆，连续。不知道这是它们发出的警示讯息，还是吃得过于愉快。

在回来的路上，我遇上捕鱼人。我只知道他的绰号，叫痴子。痴子是个很聪明的人，会捕鱼，会养鸭，动手能力很强。他没读什么书，却培养了一个上北大体育专业的女儿。我说，痴子，河里有水鸡，你看见了吧。

"有两窠，一窠两只。一窠在水潭边的草滩，一窠在河心洲。"痴子穿着下河的防水裤，背一个鱼篓，牙齿咬着烟说，"这个鬼东西，太伶俐了，再轻的脚步声，它们也能听见。"

"我只看到了一窠。河心洲没去。"

我翻翻他的鱼篓，只有十来条鲫鱼和几条宽鳍鱲。他说，端午节有人用香末毒鱼，河里没什么鱼了。

"香末怎么毒鱼？第一次听说。"

"买几斤香来，把香末搓下来，泡在水里一夜，就可以毒鱼。"

"有人毒鱼，怎么不举报到派出所？毒鱼也影响你营生啊。"

"我报了派出所，但这个事情难解决。"

一整天，我心情是愉快的。儿子见我喜笑颜开的，也不管束他学习，任他骑单车转来转去，便说，老爸，你早上出门肯定遇上了什么好事。我说，为什么这样问？

"你只管回答，不带反问。"

"是啊，我看见了两只黑水鸡。这种鸟，只在僻静的、食物丰富的水域生活，很难见到的。明天，老爸带你去。"

"还是你去吧，我英语单词还没认完。"

"认识自然比认识英语单词重要，人怎么可以不去认识自然呢？人只有认识了自然，才会认识人本身。"

"假如我认识了黑水鸡，不认识英语单词的话，你会说，你这一代人不熟悉英语，怎么可以呢？"

我哑然失笑。

连续三天，我都去了河滩，观察黑水鸡。一天去三次。每次去，我都有惊喜的发现。黑水鸡走路，和其他水鸟不一样，它抖着身子快步走，尾巴扑下去又扬起来。它几乎在固定的范围内觅食，半径在两百米内。它是早起早归的鸟，天吐白，即去觅食；夕阳下山，黄昏还没降临，便不见影踪。而乌鸫、卷尾、树莺、鹧鹕、鹊鸲、绣眼鸟，正是大快朵颐的时候。它不和其他鸟一起觅食。它的叫声单调，略显沉闷沙哑，好似没有任何情感色彩。小鹧鹕不一样，喊喊喊地叫，短促，卑微，让人听了萌生怜爱，不忍心去伤害它。

11 月，我又去观察黑水鸡，间隔式，共观察了八天，一天三次，每次约一个小时。之前，我只观察水潭边这一窠，没去河心洲。河心洲其实很小，一个篮球场那般大，因河心洲四周被水包围着，水约齐腰深。当然水面并不宽，只有十来米，四面环绕。水潭边的一窠，有六只了，三只一个小群，相互分开二十余米觅食。我决心去河心洲。我找痴子借来防水裤，穿上身，像个肉粽。

我选择正午去。霜期，洲上的芦苇大多枯萎了，十三棵并不粗壮的樟树却叶繁枝茂，一棵高大的洋槐半边树冠盖住了南边的水面。密密匝匝的小灌木丛生。芦苇垂着水边而生，如虬髯。洲的南边，是芦苇丛生的河堤；河堤下，是长长弧形的石滩。我看见有八只黑水鸡在石滩觅食，分两个小群，一群三只，一群五只。时隔半年，它们有了自己的家族，让人喜不自禁。

河心洲平日里无人上去，葱郁又荒芜。草丛里，散落着十多枚胡鸭蛋——放养的胡鸭，倒是这里的常客。樟树上，矮灌木上，挂了三十六个鸟窝。我也看不出是哪类鸟在这里筑巢。鸟窝有的大如瓦罐，有的小如衣兜。

这里是鸟最隐秘的藏身之地。

我看过很多鸟孵卵，如草鸮，如乌鸫，如喜鹊，如东方白鹳，如环颈雉，更别说麻雀、松鸦、白头鹎、山雀、白鹭、绣眼鸟和鹟鹨了。可我没看过小鹏鹛和黑水鸡孵卵，连它们的"老巢"也没看过。

黑水鸡别有生趣，这是它和其他水鸟不一样的地方。它不是那种特别贪吃的鸟，吃得忘记了自己的胃部容量，它吃半个小时或稍长一些时间，便不吃了，顺水凫游，露出脊背，高高翘起哨子型的脑袋。水浪逐着它，时沉时浮。戏水时，它高高翘起尾巴，露出尾后两团白斑。戏到浅水，它撒开脚，在石滩或草滩上快走。它喜欢生活在挺水植物较为丰富或有稀疏矮树的地方。黑水鸡和白骨顶习性相同，体形相同，羽色几乎一样，但白骨顶额甲白色，而黑水鸡嘴和额甲色彩鲜艳，尾羽下部有一块白斑羽。去了河滩无数次，怎么会没发现白骨顶呢？董鸡是一直有的，只不过不在这个河段。在上游两公里处，有一个电站，水坝储水的荒滩上，常有董鸡出没，董鸡比黑水鸡略大，顶部有小冠。

我以为这一带河滩，不会有董鸡了，可意外的是，在 2020 年 3 月 15 日，竹林前的一块草泽地（二十年前，挖沙留下的坑道，因洪水带来的淤泥填充，成了草泽地），我看到了两只董鸡。当时，我并没留意草泽地。沙土路上，有一堆凌乱散落的羽毛。羽毛深灰色，我估计是灰卷尾的羽毛。灰卷尾在河岸成群，在树林和芦苇之间的菜地或荒地觅食。而芦苇丛里，常见黄鼬出没。黄鼬以芦苇作掩护，捕食鸟。在 2019 年初夏时节，一天中午，我目睹了黄鼬捕杀鹩哥的全过程。三只鹩哥在葱地吃食，一只肥肥的约半米长的黄鼬，突然从芦苇丛扑过来，铁钉一样的利牙插进了其中一只鹩哥的翅膀里。鹩哥惊慌地叫起来，叫得惊心动魄，另两只鹩哥惊散而飞。黄鼬用右前肢，把鹩哥摁在地里，开始生吞活剥。

在辨认地上羽毛的时候，草泽地有两只鸟，低飞过一块浑浊的水面，落在不远处的草滩上，低头觅食。灰黑色的背部，小竹丫一样的脚，喙顶一圈红（红色额甲）。嗯，董鸡来了。其实在入春至秋熟之间，田畈里常见董鸡出没。咯啰，咯啰，叫声像从水下发出来的。农人寻着董鸡足迹，在稻垄放一个竹篾夹，就可以把它逮住。

我心里自责。我自责自己的自负，以为对这一带十分了解，其实，一片僻静的原野（哪怕是荒野），在不同的年份不同的月份不同的日子，动植物的多样性，不是我们可以想象或预测出来的。尤其是动物——运动之物，因为食物的丰富性发生变化而产生生活区域变化，"来来去去"是动物的常态。同属秧鸡科的田鸡、苦恶鸟，在河道，我也没见到，或许某一天，它们又出现了——瓦厂边的山塘，田鸡哪一天没叫呢？

　　在往下游四公里长的河滩，我也没发现黑水鸡和白骨顶。许是河滩树木锐减，草类也不丰富，又毗邻村舍，它们没了藏身之地。草木对鸟来说，不仅仅意味着食物，也意味着家园。我们不要轻易去割杂草，不要轻易去砍一棵树，哪怕是一棵腐木。很多鸟，如啄木鸟、乌鸫，都喜欢在腐木的树洞里筑窝。

　　有好几次，我想沿着河岸，去找黑水鸡的窝。但我还是放弃了。我不想为了满足自己的好奇心而打扰它们的生活。它们和水里的鱼一样，是河的真正主人。

　　有一年的正月，我去河滩溜达了二十余天，每次去，都看到黑水鸡。和以前不一样的是，在水潭边，在水坝底下的牛筋草滩，在水渠排水出口的小块沼泽地，在一丛芦苇环绕的水塘边，在一块石滩的柳树林，我都看见了黑水鸡。每一处，三两只。有一次，我数了数，一公里的河滩，有二十二只黑水鸡。我不知道这些黑水鸡是从哪儿来的，何时来的。我推测，黑水鸡的两个种群（水潭边、河心洲），经过两年的繁殖，扩大了种群，并分离出来，成了新的群落。它们同属一个大家族。秧鸡科鸟类，都有很强的繁殖力，下一大窝的蛋。单说黑水鸡，通常一窝可下六到十枚蛋。它以离水面很近的弯折芦苇作为巢基，或在矮柳上营巢，以茅草搭窝。离地面较近的鸟窝，鸟蛋常常被蛇吞食，黑水鸡又尖又硬的喙，成了与蛇搏斗的匕首。

一日，儿子做作业，可能做得有些烦躁了，说，老爸，带我去户外走走吧。我欣喜地带他去了河滩。天下着蒙蒙细雨，萝卜开花了，白白的；白菜开花了，黄黄的；紫云英从泥田里抽出寸芽。天有些冷。我们看到了黑水鸡，看到了红嘴蓝鹊，看到了喜鹊。嗯，最意外的是，看到了寿带鸟。寿带鸟从河堤的洋槐里飞出来，掠过一片白菜地，沿着河面，低低地，嘘嘘嘘嘘，轻轻啼叫着，斜斜地，飞到南边的樟树林里。寿带鸟有两根长长的白色"尾巴"，羽色漂亮且身形优美。儿子惊呼起来，那是什么鸟啊，真美。我说寿带，在我们这一带，鲜见。

回到家，儿子喜滋滋地对他妈妈说，今天看到了黑水鸡，看到了寿带鸟，看到了蓝鹊，好有收获。他妈妈说，怪不得你爸爸天天去河边，下大雨也去，原来有那么多鸟啊。

"有看得厌的人，没有看得厌的鸟。"我说。我没有告诉孩子妈妈的是，黑水鸡有了庞大的家族，是河滩中的旺族了。

## 乌桕湖里的小鹧鸪

峡谷呈 S 形，像一条绕在树干上的蛇。峡谷在纵深两千米处，被一座横切的山堵死。峡谷成了断头蛇。山与山之间有顺山沟，雨季来临，顺山沟便奔泻哗哗的山水。山水无处可泻了，便躺下来，软软地躺在峡谷的茅草里。茅草地成了积水滩，积多了的水从北向南，依地势，冲刷出了一条叮叮咚咚的山溪。

大约 50 年前，村里举全村之力，在积水滩建了一个30 米高的土石水坝，把水拦截了下来，成了水面 20 余亩的山中湖泊。在最初几年里，湖里养了鱼，鱼鲜美无比，可怎么喂草，鱼也难长大，草鱼养了三年才五六斤。水冬暖夏凉，因为积水滩有泡泉。

湖泊右岸的岩石上，有一棵上百年的乌桕树，甚是朴实庄严。于是当地人把湖泊叫乌桕湖。鱼是无人再养了，乌桕湖除了灌溉，夏日游泳，没了别的用处。

湖中长螺蛳和河蚌。河蚌肥，一个河蚌有菜碗大。不知道为什么，十多年来，湖泊中从来没有水鸟来越冬。八年前，有一个养鸭子的人，觉得湖里养鸭好，便租了下来，养了几百只白番鸭和几百只花鸭。养了两年，不养了——村人不让养，鸭屎把湖水都染黑了，影响日常用水。

湖边的礁石地，开始长芦苇了。之前，湖边从未长过芦苇，茅草也不长。水碱性高，草长不了。养了鸭，碱性降下来了，螺蛳河蚌繁殖得更快，更肥。芦苇的根须蔓延到哪儿，便在哪儿冒芽，先是芽苞抽出两片叶，一个雨季下来，便长得和人一样高。不到两年，湖泊便被芦苇包住了，看起来像个野湖。苇莺、树莺、山雀、鹡鸰、白头鹎，在芦苇里，一群群飞。花蛇卷在芦苇秆上。

2016年冬，湖泊来了一对野鸭。村人哑四在电话里，说话声音震耳膜，告诉我说，湖里来了野鸭，你下次来村里，去看看。哑四是个菜贩，村里的事，没有他不知道的。"乌桕湖来了野鸭"在他眼里是一条新闻。在大部分村人眼里，也是一条新闻。当然，在我眼里还是新闻。

这是村里唯一的湖。这是湖里唯一的一对野鸭。

过了半个月，正是立冬，我徒步去了湖边。风冷飕飕，从山坡往峡谷里灌。枫树（并不高大）夹杂在荷木林里格外惹眼，欲燃欲熄。乌桕树在山岬浸染了土浆色。山溪近乎干涸了，很小的残流从积沙里消失又从另一处积沙上渗出。

绕湖泊走了一圈，我也没看到野鸭。我坐在水坝上，望着瓦蓝色的湖面。湖里荡着白云，像漾散的豆腐脑。

夕阳将垂，被山梁扛在肩上，像扛着一个将熄的火盆。两只野鸭从芦苇丛里游出来，一前一后，紧挨着，两个黑黑的脑袋像两支浮标，背部像两片落叶浮在水面。它们游得很快，水波呈半扇形往两边掠开，又迅速消失。它们也不叫，直往排洪口这边游过来。排洪口是浅水区，浮着草屑碎枯枝。漂浮物下，有很多螺蛳河蚌。我一下子看清了，那是一对小䴙䴘。

在赣东北的乡村，野鸭并非特指某一种水鸟，而泛指䴙䴘科鸟类和部分鸭科鸟类，涵盖了赤膀鸭、斑嘴鸭、花脸鸭、绿翅鸭、针尾鸭、白眉鸭、潜鸭、丑鸭、长尾鸭、鹊鸭、秋沙鸭等水鸟。只有小䴙䴘、凤头䴙䴘才会选择在山中小湖泊、丘陵地带略大的山塘、盆地中小水库栖息或越冬；而中、大、特大型水库，开阔壮观的湖泊，食物丰富且水质优良的开阔河流，适合其他水鸟栖息或越冬，尤其四周带有林地的僻静之处，备受青睐。即使是秋沙鸭和鸳鸯，也会在澄明幽静的水境停下高贵的"马车"，布起天堂般的宫闱。

小䴙䴘是䴙䴘科水鸟中体形最小的，且矮扁，体长25—32厘米。小䴙䴘游在水中，短圆，如浮起来的水葫芦，故而又称水葫芦。䴙䴘科鸟类是个"人丁单薄"的种类，全世界共有5属20余种，分布在南极以外大部分地区，以温、热带居多，我国有2属5种，即小䴙䴘、凤头䴙䴘、角䴙䴘、赤颈䴙䴘、黑颈䴙䴘，主要分布于东部，其中赤颈䴙䴘和角䴙䴘比较稀少。䴙䴘科水鸟与鸭科水鸟，外形没太大差别，最大的区别在于鸭嘴扁长，䴙䴘嘴尖直。俗话说得入木三分：就是把鸭子打死了，它的嘴还是扁硬的。因外形与鸭科水鸟相似，小䴙䴘又叫油鸭；因它过于机灵，故名刁鸭；它游水的时候，背部稍隆起，像小鳖浮在水面，故又称王八鸭子。

小鹏鹏不在意人类在它附近生活。它不远离人，也不亲近人，但时时刻刻警惕人——性胆怯，又害羞。人很难接近它。我在枞阳县工作时，单位门口有一个约两亩大的池塘，水深约一米，村人在里面养鱼，妇人在池塘口洗衣洗菜，男人挑水浇菜。池塘东边是村前车道，人来人往；北边是我单位的围墙，围墙下的淤泥上长了蓬蓬勃勃的水芋和铜钱莲；西边是菜地，种菠菜、香葱、白菜、萝卜；南边是泥石坝，供种菜人过往。池塘四边的墙体，长了密密匝匝的小文竹和野蔷薇，以及小芦苇。有一个小鹏鹏家族，安然地生活在这里。每日早饭后，我在池塘边，看它们觅食，戏水。我不知道它们是哪一年落户在池塘里的，我去枞阳工作的那年4月，是五只，三年后离开，已有九只了。我向它们扔一粒小石子，它们迅速躲到竹丛里。我问过池塘边开店的老方，你有没有抓过野鸭啊。老方说，抓过两次，鬼也抓不到一个，它们跟鬼一样精。我倒看过乌鲤（黑鱼）吞吃小鹏鹏。我靠在围墙上，看它们在铜钱莲里游乐吃食，一只乌鲤跳出水面，咬住小鹏鹏的尾部，拖入水中。

我跟哑四打电话，说，看到野鸭了，它有名字，叫小鹮鹠。哑四哦哦哦地应着，说，反正叫野鸭也不会错，村里没人知道它叫小鹮鹠，知道了，也没人记得住，记得住了，也没人写得来。

第二年9月，我去湖里玩。哑四对我说，上个月，湖里溺死了人，溺死的人叫丁亥。我知道丁亥，他喜欢打野兽，捕黄鼠狼，捕兔子，捕野鸡。他还会自制土枪，在夏天的时候，去河边打白鹭。我说，丁亥怎么死在湖里呢，他会游泳呀。

很少人会下湖玩水，也没人下湖摸螺蛳。湖深约十米，浅水区也有一米多深，湖底有深淤泥，水冷得冰骨头，谁会下湖呢。哑四说，捞上来的时候，丁亥的脚上缠了网丝。我明白了，他在水边布网，是想捕捉小鹮鹠（湖里没有鱼），没想到滑下水被网丝缠住了，再也没上来。哑四也是这么想的。哑四说，有好几个人想抓野鸭，可没一个人得手。我说，那些人真傻，野鸭会飞，会潜水，它的巢藏在哪儿，你守半个月，都发现不了，它是水里的鬼，鸟中的精，摸它的毛都摸不到。

我和哑四在湖边转了两圈，也没看到小鹮鹠。它们躲起来了。小鹮鹠太机灵，在十余米开外，它便听出人的脚步声，更别说人的谈话声了。

晚上，我联系了捕鱼人懒骨。懒骨在河里放了二十几个地笼子（沉在水里的长条形尼龙绳渔网），凌晨收笼，一天能收六七斤鲫鱼及翘嘴白、穿条子等杂鱼。我在电话里对懒骨说，明早我和你一起去收鱼，活鱼全给我。懒骨说，你要那么多鱼干什么，送人啊？这个鱼好，送人好。

清晨，我提了一个塑料桶，和他一起下河收鱼。一条地笼子分八节，有四米长。他把地笼子从水里拉上来，我伸手进去摸鱼。一条地笼子，捕的鱼不多，最多的一条，才十条鲫鱼、两条翘嘴白。有六条地笼子，一条鱼也没有。收了网，一共才收了六斤多小鱼和不多的泥鳅、小白虾。我全买了。我对懒骨说，我收你十天鱼虾，要全活的。我提着塑料桶，直奔乌桕湖。我把鱼虾倒入湖中放生。小鹨鹨爱吃小鱼。小鱼也适合在湖里生活，腐殖物和微生物丰富。

太阳推上了山顶，阳光照亮了北半边的湖面和北谷的山坡。虽是燥热的月份，但乌桕湖涌上来的幽凉之气，夹着山中特有的植物馥郁之气，让人沉醉。小鹨鹨，一共五只，以船形的队列，在水里游圈。它们轻晃着身子，嘁嘁嘁地叫，叫得很轻。游了半圈，慢慢散开，水声咕噜，其中两只不见了，湖面泛起两个水窝。我盯着湖面好久，也没看到潜水的两只从哪儿钻出来，隔了十几分钟，在入水口的湖面，才见到它们的踪影。

在我的印象中，小鸊鷉是一种非常安静的鸟，自由自在觅食自由自在玩水。其实这是一种错觉。有一个冬日，我去乌柏湖一带闲逛，暴雨骤降，乌云翻滚如泥石流，雨瞬间碎石一样沙沙沙抛撒下来。我站在养鸭人废弃的棚子里，静待雨歇。湖沸腾了起来，溅起圆珠水泡，密密麻麻，铺满了湖面。两只小鸊鷉在湖面起起落落，飞得很低，身子抖落下来的水珠拉出一条细密的水线。从南边飞往北边，从北边飞往东北，又绕着湖面飞。飞了一会儿，另三只小鸊鷉随之从湖面起飞，哗啦啦拍打着水，斜斜地俯冲，在距水面约两米的空间，匀速地飞。在我观察（无论是在河道、大湖泊或山塘）小鸊鷉的经历中，从没见过它单次飞行超过250米。它在受惊吓，或受干扰时，才作短促飞行（逃生或躲避威胁）。它的飞行姿态，更像是在水面滑翔（作直线或曲线的凌波微步），翅膀和脚快速滑动水波，然后快速短暂飞行，并在很近的地方落下来。

实际上，它躲避天敌（猛禽袭击），逃避干扰，更习惯于潜水。咕噜一声水响，它一个猛子扎下去，翘一下短尾，便无影无踪。不知是因为山中很久（长达四个月）没有下雨，还是因为暴雨击打湖面引起的剧烈震荡，勾起了它们飞翔的欲望。它们如五只梭子，在密密的雨线之间，穿来穿去。它们身轻如响箭，身巧如飞鱼。这是我第一次看见小䴙䴘壮观的飞行。我们若常见鸟在中、高空飞行，那么它的觅食范围便大，如白鹭、苍鹰、游隼等鸟；我们若常见鸟在低空飞行，甚至超低空飞行，紧贴地面或湖面，那么它的觅食范围就狭窄，局限在某一个区域（山谷、水塘、稻田、林子），如白鹡鸰、环颈雉、柳莺等鸟。从这一点来说，鸟的飞行行为是由它的觅食范围决定的。在狭窄范围觅食的鸟，一旦觅食发生困难，它不会去更远的地方觅食、保留自己的营巢地，而是更换觅食地，举家搬迁，省却日日奔波之苦。小䴙䴘正是这样的鸟，"懒"在一个地方，没有到迫不得已，它不会挪窝。留鸟和人一样，有着强烈的生活惰性，对觅食地很依赖。或者说，这类鸟，有着相当好的命，一生惬意自在，不像信天翁，觅食直径上千公里，为填饱肚子，终年出没在大风大浪中。每一个物种的生命直径，都有天定，谁也没得抱怨。

2018年7月，乌桕湖有了九只小鸊鷉；11月，少了两只。哑四说，肯定被蛇偷吃了两只，人不会偷。丁亥溺死后，再也没人打它们的主意了。我说，哪有那么肯定的事呢，少了，不一定等于死了，也可能分家了，那两只飞到别的地方去安家落户了。当然，这是我的愿望。小鸊鷉被蛇吃，被鹰吃，被黄鼬吃，被大鱼吃也是常事；自然死亡，也是常事。死和生一样，都是常事；生与死，等量。这是自然界最大的等量；这是生命最严苛的法则，没有生命可以突破这个法则；这就是魔咒。

2019年8月，我再次去乌桕湖，我惊喜地发现，湖面游着非常多的小鱼，我见到的，就有丽文细鲫、飘鱼、白条鱼、刺鱼、银鮈、蛇鮈、白鲫、宽鳍鱲等。我没有料到，短短几年，湖里的鱼繁衍了这么多。

我也没想过乌桕湖会是今天的模样。当年，它是荒芜的，除了一片水，还是一片水，以及水中的倒影。小鸬鹚还会不会离开呢？谁又能预料呢？2019 年，一个浙江人来到村里找哑四，说乌柏湖适合养老养生，欲在湖的北边礁石地，买一块地，建别墅。哑四怎么也不答应。湖泊周围那片山地是他家的。哑四说，再多的钱，都有用完的时候，湖边居住了人，湖就再也不洁净，野鸭也会飞走的。

乌柏湖，我每个月都要去，看看水，看看小鸬鹚，在湖边走几圈，或在水坝上默默坐上小半天，人极舒服。这个时候，我是一个干净的人，没有灰尘。

# 黑领椋鸟

二楼办公室右窗下有个院子，栽有两棵柚子树，一棵枣树，一棵枇杷树，一棵石榴树。原来还有一棵梨树，移栽一年后死掉了。杂工孙师傅说，清扫了的鸡鸭粪，堆在梨树下，咸死了梨树。树怎么会被鸡鸭粪咸死了呢？我不解。"家鸭粪含盐量高，树怕盐，当然死了。人吃多了盐，也会死，何况是树。"孙师傅说。

"院子里，这几天，常常有两只鸟来，咯哩哩咯哩哩，叫得好快活。也不知道它们为了什么事，这么快活。"孙师傅在给鸡鸭拌糠饭，手上搅着木勺子，低着头，对我说，"也不知道是什么鸟，以前没见过。"

我正在院子里修剪石榴树，5月骑着流水的白马来了，石榴即将开花，再不修剪枝节，枝叶过密，透不了风，石榴花开不出来。我说："鸟长得怎么样我都不知道，哪知道是什么鸟呢？"

拌完了糠饭，孙师傅去埠头买鱼了。埠头有五六个卖鱼人，提着鱼篓，装着满满的鱼，摆在一起，等人买。埠头有五六条搁起来的麻石条，卖鱼人坐在麻石条上，杂七杂八地聊天，抽烟。我修剪好了石榴树，再修剪枇杷树，修两棵粗粗矮矮的栀子花，又给蔷薇、水仙、茉莉浇水。

"你说的两只鸟，是白头黑脖子，鸟毛有黑有白有褐的吗？"孙师傅买了鱼回来，在厨房里杀鱼，我问他。

"你看见了？是那两只。"

"看见了。我浇水的时候，它们站在瓦屋檐角，翘着尾巴叫。是黑领椋鸟，土名叫黑脖八哥。这种鸟好聪明，会学人说话。"

"鸟说人话，太恐怖，和人说鸟话一样恐怖。"

"没训，怎么会说人话。"

下午，我搬了一把椅子，坐在办公室看书。窗户和枣树、柚子树差不多高。院子外是菜地、坟茔和几块稻田、橘子林。我拿一本普里什文的《大自然的日历》，摊在双膝上。一对黑领椋鸟去田埂衔草枝，5月初的田野，还没翻耕，稀稀的紫云英吐出妍紫的花朵。黑领椋鸟衔干稻草，衔干枯的扫帚草。它把扫帚草啄成两截。它长长有力的喙尖，嘟嘟嘟，扫帚草从中间断开，它叼起断下的一支，呼噜噜飞走，飞到枣树中间的枝丫上，筑巢。黑领椋鸟站在田埂的石块上，"咯哩哩"叫几声，啄草茎，啄断了，衔起来，回到枝丫上，溜着眼，四周望几下，把草枝横在丫口。我看了时间，它衔一根草，差不多要五分钟。草是短短的白茅。白茅已油青，抽着青叶，茎灌着浆。

枣树有三米多高，还挂了两个旧年的雀巢。小山雀和麻雀都喜欢在枣树上筑巢。白鹡鸰也在枣树上筑过巢。柚子树和石榴树，也有鸟来筑巢。黑领椋鸟在院子里筑巢，我还是第一次见。


看书，不如看鸟衔草筑巢有趣。鸟像赶工建房的乡民，挑沙运石搬砖扛木料，一刻也不得闲。

晚上吃饭，我对同事说："那两只鸟在筑巢，它们要在枣树上安家了。""4月、5月，鸟筑巢的季节，鸟要找一棵适合筑巢的树，和我们找一块地皮盖房一样难。它找到小院里的树，是树的福分。有些树长了几十年，也没鸟筑一个巢，那不是树，是木头，枉费了枝枝叶叶。"孙师傅说。

"你这是歪理。树有没有鸟筑巢，怪树什么事？鸟喜欢在哪棵树筑巢，鸟自己选。树又没叫鸟不要来。"伙房做事的张阿姨用筷子敲敲碗边，哈哈笑起来。

"你笑什么，和你说不清。你见过苟骨树、皂角树、石楠有鸟窝吗？苟骨皂角刺多，鸟飞进去，全身刺出洞。石楠花臭，鸟也待不住。鸟筑窝，要避着风又要透风，进出方便，找吃食容易。"孙师傅白了张阿姨一眼。

"我不懂怕什么。你懂就可以。"

"鸟是建造大师，也是风水大师。枣树上筑巢，当然理想。过半个月，枣花开了，昆虫多，随口吃吃，都是美食。"我说。

这段时间，事太多，没顾得上去小院子走走，更没留意到院子里的"来客"。鸟孵卵育雏的季节，我不应该忽略。隔着窗户，我可以清晰地看见窗外的几棵树。每天早上、中午、傍晚，我在窗户边站十几分钟，看黑领椋鸟筑巢。

天开亮，黑领椋鸟便咯哩哩叫，在枣树上，叫得忘乎所以。它是早醒的鸟，但我没看出它在哪过夜。它开叫了，山雀也叫，唧唧唧。院子里一下子热闹了，亮堂堂。黑领椋鸟叫得花哨，叫声有些哑，有快速的颤音。叫得畅快了，它飞到田里、菜地里觅食。菜地新种了两畦萝卜芽，芽苗还没完全长出来，露出稀稀的芽头。黑领椋鸟撇着脚，在萝卜芽地走，歪着头，突然啄入松土里，叼出一条肥蚯蚓。干黄的稻草被土浅浅地压着，把菜地围了一圈。黑领椋鸟啄起稻草，拖起来，飞到枣树上。

傍晚，我去河边散步的时候，看到了二十几只黑领椋鸟，在河堤的芝麻地吃食。我略感吃惊。黑领椋鸟常十几只甚至几十只一起觅食，但在我生活的区域，黑领椋鸟并不多见。它是一种很容易辨识和发现的鸟，白头黑脖，嘴黑色脚黄色，翅羽尾羽有白斑，背部麻黑间杂少量白，在河流边，在山脚平原，在草坡、荒地和开阔田野栖息。它叫声花哨，羽色花哨，也叫花八哥，也常和八哥混在一起觅食。而这一带，八哥也极少见，多见的是雀和莺，及鹟鹟和鹩。黑领椋鸟和珠颈斑鸠一般大，行动迅速，边飞边叫。我往芝麻地扔了一块石头，黑领椋鸟呼噜噜，一下子飞走，飞到一棵大樟树上。

枣树丫上，堆起来的干草越来越厚，也蓬松。我也看不出巢的形状。第十七天，黑领椋鸟钻进草里，窝在里面，一个多小时也不出来。又过了三天，草堆中间，露出一个洞，内巢像一个平置的可乐瓶。原来它在草堆里面筑窝。

5月艳阳，毛茛急匆匆地抽叶开花，野蒀结出圆塔尖一样的苞头。偶尔的春雨稀稀拉拉。鸟巢建好了。鸟巢有小脸盆大，半圆形顶盖，像个切开的篮球。外巢毛毛糙糙，卷着稻草、布条、枯草和干枝，蓬蓬松松。丫口处，碗底圈一样大的洞，藏在草里。

鸟巢虽然大，但很难被外人发现。枣枝披散下来，一层一层如叶瀑。枣花完全开了，星星点点，从叶芽口绽出来。蜂嗡嗡嗡嗡，翘着毛笔尖似的蜂尾。小院的初夏，石榴和柚子一并开花。石榴花如满树小火苗旺烧起来，柚子花则白如碎雪。小山雀和麻雀不舍得闲着，在树丫之间跳着，唧唧地叫，吃花籽和昆虫。

雌黑领椋鸟产卵了。5月26日，一次性孵卵五枚。两只黑领椋鸟轮流抱窝。一只抱窝，另一只外出觅食。巢口圆形，隔着窗户，可以看见巢内，巢内有五枚鸟蛋，青绿色，椭圆形，和水果西红柿一般大。

我辨认不出来，哪只是雌鸟，哪只是雄鸟。雌鸟雄鸟毛色差不多，叫声也差不多。一只鸟抱窝的时间，大约四十分钟。觅食鸟回来，咯哩哩咯哩哩。巢里鸟也咯哩哩。若觅食的鸟没有按时回来，巢里的鸟会一直叫，叫声越来越大，像在说：怎么还不回来啊，我快饿昏了，饿得受不了了。

"院子里很快会有一窝小鸟，再隔半个月，这里可就热闹了。我们的福分来了。"我对孙师傅说。

"积福。小鸟孵出来了，我得抱我孙子来看看。"孙师傅说。

第三天，午饭的时候，孙师傅对我说："你说鸟窝里五枚蛋，我数了数，是五枚，可其中一枚更大，蛋壳有麻黄麻紫斑点，壳皮是淡白色的，和其他蛋颜色不一样。"

"不可能，一窝鸟蛋有两种。"我说。

"我看得很清楚。我眼睛还没花呢。"

我放下筷子，往办公室走。一只黑领椋鸟在巢里抱窝。它露出半长的喙，尖尖的，青钢色，像一根锤扁锤尖了的铁丝。白绒绒的头羽很是醒目。此外，我什么也看不见。我盯着鸟窝——即使中午不休息，我也要看清巢里的鸟蛋。我相信孙师傅的话。那显得另类的一枚蛋，很可能是寄生蛋——四声杜鹃、鹰鹃、噪鹃、雉鹃等，善于把自己的卵产在黑领椋鸟等鸟的巢穴里，由这些鸟代孵化代养。

在黑领椋鸟换岗孵卵时，我看清了，确实有一枚麻壳蛋。我查资料，比对了鸟蛋的颜色和大小，判断麻壳蛋是噪鹃下的。噪鹃有偷蛋的习性。它趁黑领椋鸟离巢之机，把巢内的蛋叼走一个，吃了或扔掉，把自己的蛋产在巢里。巢寄生出来的噪鹃雏鸟有推蛋啄雏的伤害行为，会让代亲鸟"断子绝女"。

翌日，孙师傅去埠头买鱼。闲着没事，我去看看卖鱼人。在路上，我对孙师傅说，鸟窝里，可能只会养出一只小鸟了，其他鸟可能没有成活的机会。孙师傅吃惊地看着我，吸着烟，说："你说这个话有什么依据？好好的，怎么会只出一只鸟？"

"鹊巢鸠占，你明白什么意思吧。"我说。

"不知道。我一个割草挖地的，知道那么多干什么。"

"巢里的那个麻壳蛋，孵出小鸟后，会把其他蛋推出巢外，摔烂，或者把其他蛋孵出的小鸟，啄死，或推出巢外，摔死。这是鸟的一种巢寄生现象。"我说。

"我要把那个麻壳蛋偷偷摸出来。这么残忍的鸟，我不能让它出生。孵了它，它却灭别人后代，忘恩负义！"孙师傅又点了一根烟，把刚刚吸剩的烟头狠狠踩在鞋底下。

"这是动物繁殖的一种自然现象，不存在忘恩负义。自然的残酷性也在这里。因为残酷，物种才会进化。"我说。

天燥热，熏人的燥热，烘着身子，也烘着大地。路边田边溪边开满了菊蒿花，黄黄的。树木发出的新叶，油光滑绿。院子里的两棵美人蕉，叶子一天比一天肥厚，厚得往下耷拉，卷下去。枣树的花已谢，丫节上缀满了比豌豆小的枣果。我出差两天回来，黑领椋鸟巢里的麻壳蛋没了。吃午饭时，我问孙师傅，你是不是摸走了那个麻壳蛋。孙师傅嘿嘿嘿地笑，说，田有稗草，哪有不拔的呢？西瓜地长野葛，哪有不割的呢？

"这是两个道理。稗草野葛影响农作物，当然清除。可鸟的生活习性和繁殖方式，遵循自己的规则，你怎么可以摸走呢？"我有些生气。在自然状态下，我们不能干预自然，包括动物植物的生命。

"鸟蛋炭火煨了吃了，我也吐不出来。明天台风来了。我们要预防一下台风，玻璃门窗要全部关紧，竖起来的杆子要放倒，花钵移到房里。几棵树，最好剪一下枝，不然被风吹断了。"孙师傅说。

台风说来就来。到了晚上，风呼呼呼，大货车压公路一样，咕咕咕，轮胎磨着路面，呼呼呼，夹带着强烈的气流呼啸。天气预报失灵——天气预报经常失灵。失灵的时候，往往是最关键的时候。我躺在床上，睡不着。风太急，关紧的门窗，被风拍得啪啪响。围墙外的一丛苦竹林，沙沙沙。我起身站在窗前，见竹林向北弯下去弯下去，弯出一个半圆的弧度。完蛋了，枣树上的鸟巢，可能被台风掀翻了。我喊上孙师傅，扛了木楼梯，去院子里。风往人身上压过来。孙师傅扛不住木楼梯，我们便两个人抬着，借着路灯，脚步蹒跚，一前一后，晃着身子。

将楼梯靠在枣树上，我用一张大塑料皮包住了鸟巢，但又不敢包得太紧，便围着枝丫，用强力透明胶带一圈圈扎起来。我感到整个身子在楼梯上摇晃。孙师傅紧紧扶着楼梯，生怕我摔下来。幸好，枣树挨着房子，房子挡住了大部分强风。

到了下半夜，暴雨来了，噼噼啪啪。路灯下，雨线白白，绷得紧紧，像弦。雨珠从地面上跳起来，落下去。

清早，我去看花圃，蔷薇花被打得七零八落。雨未歇，徐徐而落，软酥酥的。山野却一片明净。看了花圃，我去办公室喝茶，见鸟巢安然无恙，黑领椋鸟缩在巢里，眼巴巴地看着外面。鸟在孵卵时，最大劫难便是台风，其次是蛇吃蛋。台风会把鸟巢整个掀翻在地，鸟蛋全碎。"覆巢之下无完卵"，就是这个意思吧。很多鸟，如灰椋鸟、八哥、红翅旋壁雀、黑眉柳莺、红隼等，喜欢把巢营在树洞、石岩洞、崖石缝隙，既隐蔽，又能躲避台风。有一种叫声特别明媚又暧昧的鸟，专吃昆虫，比麻雀小，外观和相思鸟很相似，叫棕脸鹟莺，在低山地带枯死的竹子洞中营巢，既避雨避风避热日，又干燥舒宜，还躲过了巢寄生。这样的生存智慧，无鸟可出其右。

6月7日，抱窝第十三天早上，我对孙师傅说："鸟今天可能破壳了，四天内肯定会破壳，你守着，什么事也不要干，见了破壳，你叫我来。"孙师傅嗯嗯地应着。守了一天，他也没叫我。晚饭时，孙师傅说，再守一天，人会疯的，盯着窝看，自己像个傻子。

"你还真是个傻子。窗户外，有一个鸟巢，鸟孵化破壳，我们可以直接看到，比电视上好看，更直观，这是一辈子也难以遇上的大好事。你还不愿看，是不是真傻子？"我说。

"孵小鸡小鸭，见多了，有什么值得看？是傻子才看。鸡也是禽，鸭也是禽，鸟也是禽，禽破壳还不是一样的。你才是真傻子。"我被孙师傅说得哑口无言。

第十五天中午，黑领椋鸟站在枣枝上，咯哩哩，咯哩哩，叫得十分敞亮。巢内，一枚鸟蛋，慢慢被撑开，裂出条缝。雏鸟顶着小半边壳，探出了头。雏鸟眼部黑黑，喙部黄黑，脖子细细，如出泥藕芽，似乎难以承受脑袋的重量，脑袋便软耷耷垂下来。壳慢慢裂下来，雏鸟出来了，全身肉红红，椎骨可见，脊背横着一排稀疏的黄毛。鸟从封闭世界破壳而出，第一次感受到了光（眼还没睁开），感受到了风。雏鸟缩着，扒动着脚，扒动着翅（翅像没有成型的脚趾）。

到了傍晚，四只雏鸟都破壳了，瘫睡在巢里，偶尔张开竹汤匙一样的嘴巴，露出肉红的喉咙和黄喙角。闭着眼，张开嘴，也不叫，张着张着，脑袋耷拉下去，继续睡。

破壳第三天，雏鸟张开嘴，低低地叫几声，喊喊，喊喊。黑领椋鸟一前一后，忙于喂食。食物是蚯蚓、小蛾、菜虫、甲虫。鸟站在巢里，长喙夹着蚯蚓，四只雏鸟全抬起头，张开嘴，喊喊叫。雏鸟身上有浅黄色的绒毛，眼睛睁开，眼睑下垂，一副欲睡未睡欲醒未醒的样子。

破壳第七天，中午，我正在看书，突然听到了窗外咯哩哩咯哩哩的鸟叫声，叫声很激烈，很惊慌的样子。我扔下书，连忙站起来，看见一只猫扑向鸟巢。两只黑领椋鸟扑着翅膀，叫得十分痛心。我打开窗户，摸起烟灰缸，砸向猫，猫跳下了树。雏鸟可能受了惊吓，有两只从巢里掉了下去。我跑下楼，奔向枣树。一只雏鸟已被猫叼走，不知去向。我把雏鸟捡了起来，托在手掌上。雏鸟腹部剧烈起伏，急促地呼吸，喊喊喊，叫得哀伤。鸟巢离地面有三米来高，幸好雏鸟落在石楠绿化带上，没有被活活摔死。

单位的大院子里，有三只外来的流浪猫，来了，再也不走。其中有一只母猫，已在大院子里生活五年，生过四窝猫崽。这些猫崽都送了人。大院子里老鼠多，鸟也多。我和孙师傅说，在鸟留巢期间，我们得把猫拴起来。"猫聪明灵活，抓猫难度很大。"孙师傅说。

"吃饭的时候，猫去饭堂吃鱼骨。你用抄网扑它，小心被咬到，它再灵活，也逃不出网罩。"

"拴了大院子里的猫，若是还有外来猫，我们怎么防得了？"

"听天由命。我们是能防则防，能护则护。天然物，天然生天然死，各有各的命数。"我说。

一天，我正在办公室午睡，被嘟嘟嘟的敲窗声惊醒。谁有这么高，可以站在我窗户下敲窗啊？我侧脸一看，一只黑领椋鸟在啄玻璃。它站在窗台上，撒开翅膀，对着玻璃照自己，还不时用喙啄玻璃。我一下子笑了。我看着它，不知它是不是也看见了我。我想，蒲松龄写《聊斋志异》，可能是受了鸟照镜子的启发，不然，鬼狐哪有那么美、那么通人性呢？

破壳第二十二天，雏鸟开始试飞了，飞到窗台上，飞到柚子树上，飞到矮房顶上，还飞到田野里，啪嗒啪嗒，扇着小花蒲扇一样的翅膀，跟着母鸟去吃食。雏鸟飞得并不远，飞十几米，歇一下，跳来跳去，欢叫。

可没过两天，孙师傅拎着一只试飞的黑领椋鸟，找我说，鸟在菜地吃食，被乌梢蛇伤了，右边的翅膀断了，羽毛撒了一地，鸟身上沾了好多血。其他几只鸟，在菜地叫了好一阵子。我提了鸟过来看了看，说："去诊所，找廖医生消炎包扎一下，我们喂养几天。"

"谷子养麻雀，小鱼养白鹭。可这个花八哥，用什么养？"孙师傅问我。

"蚯蚓、菜虫、肉松面包，它喜欢吃。"

孙师傅是个细心人，挖蚯蚓、掰面包喂它。嘘嘘嘘。孙师傅吹一下口哨，它就咯哩哩叫几声。它叫了，隔不了几分钟，伙房窗户外，也有咯哩哩的叫声。它的父母在叫。它们呼应着，秘密地。

廖医生给它包扎了六次，便不用包扎了。鸟可以扇翅膀了。又养了两个星期，孙师傅把鸟放在院子里，让它自己去山林。

这一家子，一直在这一带生活。在橘子林，在河边，在大院子里，在荒地，我常常见到它们。有时，孙师傅在菜地干活，无聊或开心了，情不自禁地吹几声口哨，嘘嘘嘘。一只黑领椋鸟神不知鬼不觉地飞到他身边。他不知它从哪儿飞来。他把挖出的蚯蚓，用木棍夹起来，鸟啪啪啪，快速走过来，张开喙，把蚯蚓啄进嘴巴，边吃边歪着头看他。吃完了，咯哩哩地叫。

# 候鸟是大地上另一种节气

无边的青色草浪，在风中起伏。草是竹节草和黑麦草，簇拥着翻卷。晌午后的微雨，也是青黛色的。我站在草浪中间远眺，不远的地平线上，是茫茫的湖水和追逐风筝的人。远处的岛屿，像隐现在烟雨之中的帆船。这里是初夏的香油洲——鄱阳湖最大的草洲，核心地带有二十平方公里。再过两个月，这里将一片汪洋，草洲消失，被日渐上涨的湖水完全浸没。水下的草甸将成为鱼类觅食的殿堂、欢快的庆典。

大自然的鬼斧神工，造就了鄱阳湖。在中生代，受燕山运动的影响，地质下陷，形成古赣江下游河谷盆地。在万年前，最近一次亚冰期结束，断块上升的"庐山"耸峙盆地之缘，盆地变成泱泱大湖。因湖与鄱阳山（鄱阳山现已不可考）相接，湖取山名，遂名鄱阳湖，古称"彭蠡""彭蠡泽""彭泽"，是中国最大的淡水湖，也是仅次于青海湖的第二大湖泊。赣江、抚河、信江、饶河、修河如五条粗壮虬曲的动脉，盘踞在江西大地，养育着世世代代的子民。最终，这五大河注入鄱阳湖，与长江相通。

鄱阳湖是亚洲最大的候鸟越冬天堂，也是世界上最大的鸟类保护区之一，被誉为"候鸟的王国"。冬候鸟在鄱阳湖越冬的繁盛景象饮誉世界。

仲秋时节，第一批越冬的候鸟来了，有豆雁、鸿雁、白额雁和白琵鹭，它们迎着烈日，扇着疲惫的翅膀，来到鄱阳湖迎接严冬。它们三两只一群，在浩渺的湖上，显得孤单落寞。但它们生活得多么愉快，嘎嘎嘎欢叫。它们开始衔枯草干枝，筑爱巢。候鸟乘坐风的船只，布满湖滩。

严寒来了，冬雪愈盛，千百万只、百余类冬候鸟，从西伯利亚，从西太平洋，从北冰洋，飞越千万里，来到鄱阳湖越冬。小天鹅摇着风扇一样的翅膀来了；斑嘴鹈鹕在湖畔踱步，像一群乡贤，羽扇纶巾；白鹳、灰鹳、黑鹳来了；乌雕、凤头鹰、苍鹰、雀鹰、白尾鹞、草原鹞、白头鹞、红脚隼、灰背隼、黑冠鹃隼、燕隼，来了；小杓鹬、小鸦鹃、斑嘴鸭、花田鸡、大鸨、黑翅鸢、凤头鹏鹛、蓝翅八色鸫、斑鸫也来了。它们扯着哗啦啦的寒风，一起来了。这里有它们丰盛的食物，有它们安全静谧的生活环境。

冬候鸟在这里筑巢、孵育，繁衍后代，享受冬季的阳光和美食。初春，它们北迁。3月之末，暮春的湖水变得温暖，群鱼逐草，开始产卵。这个时节，最后一批北迁的冬候鸟和第一批落户的夏候鸟开始"换岗"。冬候鸟赤麻鸭、小天鹅、斑嘴鸭等和夏候鸟苍鹭、赤腹鹰等混杂在一起，云集湖面，彼此穿梭其间，游水嬉戏，一派和谐景象。夏候鸟在岛屿或湖边的丛林里，开始筑巢。在樟树上，在洋槐树上，在农家屋顶上，在岩崖的石缝里，在枫香树的树洞里，在芦苇荡里，鸟繁忙地筑巢。大雁、东方白鹳等冬候鸟，带着它们新春养育得壮实的儿女，万只成群，追逐落日，一天一天消失。

候鸟爱极了鄱阳湖的湖滩和草洲，爱极了鄱阳湖的温暖湿润气候。由于秋冬季雨量较少，鄱阳湖水位下降，露出了千余平方公里的湖滩。湖滩有广袤肥厚的淤泥和星罗棋布的洼湖。淤泥里有螺蛳、湖蚌、泥鳅、黄鳝、蛙、水蛇、石龙子等；洼湖里有鱼。鱼在洼湖里，游得多么畅快，漾起的水波如花纹。水荡声是大地之音，似乎被万里之遥的鸟儿听到了。鸟儿仿佛听见中国的南方在召唤：鄱阳湖多么肥美啊，多么适合安居啊。这些水中生灵，都是候鸟的挚爱。略高处的湖滩长出了油麦草和竹节草，成了草洲。草洲一望无际。草叶上的蜗牛和昆虫，都是鸟类的美食。草丛更是鸟类筑巢的理想地。

没有广袤的湖滩和草洲，便不会有候鸟的家园。然而，这候鸟的家园，曾遭到大面积的破坏，草洲的破坏最为严重。有洲无草，使得"鸟的王国"很少有鸟。

二十年前，草洲不见草。鄱阳湖平原的乡民烧土灶，草是他们的柴火。割枯草过冬，是乡民最重要的事。草洲被分割成一块块，分到每一个村民小组。割枯草了，几十里外的乡民只能开着机帆船，停在湖边，上草洲割草。他们带上粮油，搭临时住宿的草房，割十天半个月，草摞了满满一船再回家。草料于乡民而言，和粮食同等重要。

冬季的香油洲，每天有上千人割草。他们把割下的草用草绳绑成捆。草捆堆放在草房旁。陪我一起来香油洲观鸟的朋友是当地人。他说："我七八岁的时候，随父亲走十几里路，到了湖边，再坐船小半天，到香油洲割草，带着铁锅饭盒，冒着冷风，从早上割到傍晚，一天下来，腰都直不起来，全身酸痛。茫茫草甸，看起来就让人害怕。草割完了，也到了年关。草洲成了荒滩，也没有候鸟来。鸟是多么机灵的生灵，警惕着人。初春，草发了嫩芽，湖边人家把牛羊赶了进来。草长一拃，牛羊便啃食一拃，草始终长不起来。牛脚窝叠着牛脚窝，草滩成了烂泥坑。"

鄱阳湖区为了彻底解决燃料的问题，实施了液化气入户工程，家家户户用上了液化气。液化气入户之后，无人割枯草了，草甸又回来了。可候鸟来了，又有了很多盗猎的人，在草洲张网，延绵几里，鸟飞着飞着，跌入网里，任凭怎么挣扎，也无济于事，网丝裹住了翅膀。有人在湖滩下毒，把死鱼扔在草地上，候鸟吃了当场死亡。吃鸟，那阵子成了餐桌上的败风陋习。巨大的经济利润，让少数不法分子铤而走险。湖区成立护鸟执法队，广大志愿者参与护鸟，收缴鸟网、气枪、弹弓，严厉打击捕鸟、毒鸟、贩卖鸟、吃鸟等违纪违法行为，还鸟一个清静安全的家园。十几年前，鄱阳湖所有的草洲严禁放养牛羊，严禁毒鱼电鱼。

草茂盛了，鱼虾多了。当我站在一望无际的香油洲，心灵无比震撼。芦苇一半枯黄一半泛青，湿地苇莺低低地叫，嘀嗟嘀嗟，上百只围成群，往芦苇丛里合拢。它们叫得急促，欢快。麻雀呼来呼去，飞出抛物线。一位诗人朋友望着草洲里的洼湖，对我说："水里都是鱼虾，草叶上都是昆虫，有那么丰沛的食物，鸟类怎么会不爱上这里？这里是鸟类最美好的家园！"


夏候鸟在鄱阳湖度夏，鄱阳湖的夏季如同冬季，壮丽、热烈，鸟羽翩飞。

初夏的湖水煦暖，几十万只夏季候鸟来了。暖阳之下，鸟成了湖面上的主人。它们在咕咕地鸣叫，颤动着翅膀自由地飞翔。寿带鸟来了，四声杜鹃来了，黑冠鹃隼来了，小鸦鹃来了，金腰燕来了，蓝翡翠来了，黑卷尾来了，黑枕黄鹂来了，红尾伯劳来了。鹭科的鸟，是鄱阳湖数量最多的夏候鸟。鹭是夏季南方常见的鸟，体大，飞翔姿势优美，叫声洪亮，栖息于高枝之上。几十只上百只鹭，栖于一棵大樟树上，满树白，也为常见。

在湖岛上，古树茂密的村子，有时会出现上万只鹭鸟栖息。在岛屿上，常常出现这样有趣的现象：岩石山南坡的树上栖息着上千只白鹭，北坡的岩崖上栖息着上千只岩鹭，互不干扰。小白鹭是一种易受伤的鹭鸟，因体形较小，全身雪白，在湿地或秧田里觅食，很容易被乌雕或游隼发现，成为猎杀对象。乌雕和游隼都是鸟中捕猎之王，用铁钩一样的爪子，插入小白鹭的胸部，抓起身子飞到树林中或岩石上啄食。夏候鸟筑巢在房前屋后的大树上，或菜园边的芦苇里，和插秧的乡民站在同一块水田里，牧童一样在牛背上休息。它们是鄱阳湖上最亲密的来客。

鄱阳湖成了候鸟的美丽王国，吸引了全世界的艳羡眼光。

鸟类专家来了，美国的，日本的，俄罗斯的，瑞士的……

观鸟爱好者来了，法国的，韩国的，德国的，挪威的……

摄影家来了，英国的，澳大利亚的，意大利的，以色列的……

鄱阳湖是鸟类专家、摄影家的圣地。大批画家也来到湖畔写生：叼起鳊鱼的鸬鹚，在水上跳着芭蕾舞的白鹤情侣，晨曦中翩翩而飞的群鸟，躲在草甸中的护鸟人，挂在芦苇上的鸟窝……

堪称"亚洲大地之肾"的鄱阳湖，在鸟的群集中再一次焕发出生机。

我的一位摄影家朋友每年的冬季和初夏，都在鄱阳湖边度过。他有一辆皮卡车，装上满满四大袋摄影器材和帐篷，过着随鸟"流浪"的生活。他吃住都在帐篷里，在镜头前一蹲就是大半天，蹲得腿脚发酸。吃泡面，吃馒头，一整天不说话，但他乐此不疲，拍了十余年候鸟，从壮年拍到了两鬓斑白。他说，只要看见鸟，他就激动——每一种鸟，都有无与伦比的美；每一只鸟，都是天使。他还积极地办影展，以鸟为主题，不为别的，只为唤起人对鸟的热爱，对大自然的热爱。他说，人没有对大自然的爱，就无法继续生存。

在鄱阳湖的客轮上，面对茫茫的湖面，我毫无方向感。湖水在船下汹涌，湖面像滚轴上的皮带，不断被抽往身后。太阳初升，湖水彤红。旭日从遥远的湖面漾上来，漾上来，像一朵灿烂的金盏花，浑圆，壮阔。鸟群遮蔽了天空，浪涛如雷。鸟声此起彼伏，像音乐的海洋，让人激动。一天之中，最美的光景是夕阳将沉时。风从湖上掠过来，一阵阵，掠过脸颊，凉凉的。夕光映照出的晚霞，铺洒在天边，似火烧炽烈的灶膛。湖面也铺满了霞色，无边无际地荡漾。远处的湖岛，显得黧黑深沉，如停泊下来的邮轮，鸣笛声已消弭于水浪声中。夕归的鸟儿一群群，从船上飞过，驮着最后一缕明亮的天光。夕阳最后下沉，如一块烧红的圆铁，淬入湖水，冒出水蒸气——晚雾开始在湖上笼罩，薄薄的一层，稀疏萦绕。

酢浆草盛开的花朵，已经缀满了草洲的荒坡。姜花更白，菖蒲花更黄，玉蝉花绽放出四片耳朵状的花瓣。草洲一片郁郁葱葱，黑麦草油油发亮，有半腰高，无边无际，如绿海。草洲内洼湖众多，大小不一，汪汪的水面映着草影，莺飞鱼跃。

那一只只鸟，就像一团团白色的火焰，在燃烧。

最让我动情的，是今年在鄱阳县的东湖边，听到了动人的鄱阳湖渔歌：

　　　　小小月亮圆阎阎

　　　　照见我郎往前走

　　　　东边一条路

　　　　西边一条路

　　　　中间大路通往南门口

　　　　同心郎儿你

　　　　有心郎儿你

　　　　坐在家中

　　　　我待候多时候

鄱阳湖边的人，是离不开渔歌的。如鸟儿离不开鄱阳湖。鄱阳湖的渔歌和渔鼓，是民间艺术的瑰宝。

划着船，喝一碗烧酒，看着成群结队的候鸟，唱渔歌，更带味儿，更浪漫。这是鄱阳湖渔歌传唱人说的。他是我在鄱阳县结识的新朋友。他六十多岁，也是个鸟迷，照相机背包不离身，拍摄鄱阳湖二十余年，即使是暴雨或冰天雪地，他也躲在湖岛上"候"鸟。他喝一大口酒下去，清清嗓子，用鄱阳湖平原的方言唱起了渔歌。他用手打着节拍，脸上露出粲然的笑容，歌声婉转，略带沙哑，可惜我听不懂。他说，用方言唱，才叫美。"鄱阳湖的鱼，鄱阳湖的鸟，鄱阳湖的渔歌和渔鼓，是鄱阳湖的镇湖之宝，都是世界级的。"他又说，"夏季的候鸟已经来了，有树的地方都有鸟，有水的地方都有鸟，鸟是最美的精灵。"

听渔歌，观候鸟，怎么会不醉人呢？

初夏是湖汛时节，暴雨普降。雨线垂直向下，雨珠浑圆透亮，如抛撒的玉珠，噼噼啪啪，跌落铁盆。湖水泱泱，变成混白色，风掀起巨浪。赣江、抚河、信江、饶河、修河，把赣地的雨水，悉数灌入了鄱阳湖。湖水上涨，草洲慢慢被湖水吞没。到了7月，草洲完全沉没于湖水，草慢慢腐烂，变为鱼类最佳的营养物。那时，夏候鸟逐日离开鄱阳湖，回到它们自己的故乡。

四季在轮替，候鸟来了又走，走了又来。候鸟是大地上另一种节气的表现形式。草青草黄。雨季来，湖水上涨，草洲渐渐沉入湖中。又一年的夏天来临，几十万只夏候鸟，再一次光临美丽的鄱阳湖。鸟一代一代繁殖，江河永远年轻。大地生命的辉煌律动，是鄱阳湖永恒的舞曲。

到瓢里山，已是夕阳西下，千万只鸟，在云霞下振翅飞翔，遮天蔽日，鸣叫声随波浪此起彼伏，喧彻天宇。鸟语下的村庄，安详恬美。

那是多么让人心醉神迷——苍鹰在盘旋，呈巨大的圆弧形，盘旋，下降，上升，再上升，再盘旋，翅膀驮着整个天空，翱翔。

芦苇把年份淋漓地挥霍。让我们觉得光阴如此匆匆，以至于，我们对时间，是多么无能为力。

我徒步去，去草木茂盛的河边，去空空的山坞，去狭长的峡谷，去深处的田野。鸟是我行踪的唯一知情者。

## 秋鸟的盆地

　　赣东的秋天，是从节气白露开始的。热暑漫长，消弭于莹亮的草尖露水。瓜果藤蔓已不再生长，且日渐枯萎，叶子卷起来，藤条变硬。草叶发黄，泥土因久失雨水，越发干燥，烘出来的泥气让人的鼻腔发燥。饶北河上游的盆地，秋稻开始发黄，草籽饱满，山楂、地苍、乌饭果、八月炸、猕猴桃、野葡萄等浆果，灌满了糖浆。它们都是鸟的美食。

　　郑坊盆地随处是鸟。秋雨尚未来到，日日晴朗，视野开阔。在秋天，我哪儿也不想去，就想整日在盆地四处溜达，观鸟振翅于空，听鸟啾啾于野。

　　最美的景象在傍晚。秋蝉吱吱吱，叫得大地一片荒凉似的。晚霞从西边山梁，向南慢慢卷涌。暑气随太阳

113

西落而散去，幽凉的晚风在田畴间游荡。站在溪桥上，我仰起头，看见鹭群，三五只，七八只，十余只，成人字形或伞字形，扇动着翅膀，低空飞过，往官葬山飞。溪桥是一座短桥，桥廊两边坐了十几个妇人和老人。他们去水库散步，回来时，在这里歇凉歇脚。一个妇人用手指着鹭群，说，矮鸥，矮鸥，那么多矮鸥。大家仰起头，一起看飞过的鸟群。我说，那不是矮鸥，是大白鹭，矮鸥不会来我们这里。村人把大白鹭看成浮鸥，把浮鸥叫矮鸥。我又说，坪上这一片梧桐，今天怎么没有白鹭飞来呢？

立秋的时候，坪上的梧桐，落满了白鹭。白鹭从饶北河飞过来，弯过山梁，嘎嘎嘎，叫得洪亮清脆。一只，两只，三只，不成队形。孩童拉着牛车，牛车上堆着草料。牛背鹭站在草料上，因牛车颠簸而摇动着身子，扬起长长的脖子，嘎啊——嘎啊——嘎啊——，仿佛在说，家啊，家啊，家啊。孩童甩着牛绳嘘着口哨，牛哞哞哞叫，边叫边舔着舌头。黑眉柳莺蹲在牛背上啄食苍蝇，抖着橄榄绿的翅膀，叽啾叽啾啾，叽啾叽啾啾。黑眉柳

114

莺营巢在山边林下的茅草地，几十只一起飞。它轻声啼叫，像轻言耳语，似乎在说：这里好吃的东西很多，快来吧。

二十年前，饶北河两边的沙滩保留着原始的风貌，芦苇依着河岸茂密生长，枫树槐树抱在一起，形成疏朗高大的树林，地上的牛筋草如织锦。枫、槐树水桶一样粗，攀缘植物如薜荔、爬墙虎，一直绕上了树梢。树上有很多鸟巢。猴面鹰、白鹭、喜鹊、夜鹭，都喜欢在上面筑巢。前几年，一个挖沙人，为了沙子，把河滩全挖开了，河滩像剖开了的动物，露出惨不忍睹的内脏。树被锯了，芦苇也不长了，倒是竹节草满地。鸟无枝可栖。白鹭在坪上的梧桐上筑巢。白鹭飞在盆地边的山腰，早出晚归。

坪，是一个平坦的矮山冈，海拔二十来米，有十来个足球场那么大。各家各户在坪上搭瓜架豆棚，种菜。这几年，无人在坪上种菜了，成了荒地。几年前，我到过坪上。上坪的坡道，无法行走，被茅草和灌木、苦竹挤满了。坪上已无人种菜，也种不了菜——据我妈说，种下去的菜，红薯、玉米，全被野猪吃了——满眼的荒草、灌木。梧桐成了参天大树。

站在溪桥，可以听见鸟在坪上，叫得特别欢畅。叽叽喳喳，喊喊喈喈。我也不知道是些什么鸟在叫，除了山麻雀，我分不清还有哪些鸟叫声。油漆匠老五，见我仰着头看鸟，说，寒塘旁边，有两棵大樟树，傍晚后，满树都是白鹭；塘边稻田里，晚上蹲满了白鹭。你可以去看看。老五是个四十来岁的单身汉。我们不叫他老五，叫痨五。他喜欢钓鱼。他说，我们夜钓，白鹭就蹲在身边睡觉。


寒塘在官葬山，是个小山塘。从溪桥往东，沿田畴间便道，走十几分钟便到了寒塘。晚霞已消失。天泛白，白得只剩下澄蓝。稻谷青黄，晚风夹裹着稻香。白鹡鸰在电线上，扑着身子，闪烁着鬼魅一样的小眼睛，呋呋，呋呋，叫得短促，胆怯又娇羞。白鹡鸰是独行鸟，除了求偶期，永远是孤单一只，很少三五成群活动。喜欢在路边矮草丛在屋檐在荒地，吃虫和虫卵。我拍了拍巴掌，白鹡鸰呼噜噜往坪上飞去。

白鹡鸰是一种十分常见的鸟，也叫点水雀。它喝水的时候，点几下，呼呼飞走，站一会儿，又回到水边点几下。白鹡鸰体长，前额和面颊白色，头顶后颈黑色，两翅黑色而有白色翅斑。它栖息和营巢在水域附近的岩石、岩缝、岩洞、灌木丛和草丛里，或土坎、土窝上。它的尾长而窄，外侧羽毛白色。它常常来到我家后院的水池边，站在竹竿或晾衣绳上，吃苍蝇、大头蚁，吃腐木腐竹里露出的虫蛹，吃金龟子。它吃一口，甩一下头，咕咕咕，叫几声。它灵敏机警。看见人进了院子，它一个起飞，掠过屋檐，落在枣树上。它起飞的姿势，非常优美。脚踮起来，鸟身前倾，翅膀迅速张开，尾羽翘起来，一个斜冲，射了出去。其实它并不怕人。它要不了一会儿，又回到水池边。我从门缝里看它，它翘着尾羽，在院子里跳来跳去，一会儿落在篱笆上，一会儿落在梅树上。有一次，它想落在花钵上，还没落稳，被跳起来的鸭子夹住了脖子，它撒开翅膀，羽毛落了一地。鸭子扁着嘴巴，甩了几下，白鹡鸰被吞食了。

蚱蜢、大叶蛾，稻田里非常多。尤其是大叶蛾，挂在稻叶间的蜘蛛网里，被蜘蛛网缠死。蟒在田埂上，停在某一片草叶上，纹丝不动。白鹡鸰几乎不离开即将秋熟的田野。它爱吃这些。它在稻田间飞来飞去，在水渠边的田埂落脚，大快朵颐。在田野边的老树窟窿或田埂石洞里，很容易发现它的巢。杯状的巢，外层粗陋，内层精美温暖，用枯草茎、枯草叶和草根一圈圈织起来，巢底垫绒羽、麻和兽毛等柔软的东西。在初春四月，它开始孵卵，鸟蛋白灰色，有淡褐色斑，孵化期十二天，雏鸟大约十四天离巢。

傍晚的田野，白鹡鸰随处可见。它像个饱食后的孩子，在田埂上跑来跑去，以便更好地消化。顽皮是它的天性。我用两指撑开嘴巴两边，吹了一声响亮的口哨，它被莫名其妙的哨声惊了一下，点着尾羽，呈波浪形，越飞越高，落在山边，不见了踪影。

杉树林传来了鹧鸪声：咯咯咯嘚——咯咯咯嘚——咯咯咯嘚——咯咯咯嘚。鹧鸪声，声声入耳，清亮圆润。用乡里的方言音译过来就是，哥哥来达，哥哥来达。像姑娘在叫情哥哥。声声唤，声声慢，声声情。一句比一句深情。杉树林在山冈，夜色尚未到来，远山清晰可见，青黛中披上铅灰色。辛弃疾写过《菩萨蛮·书江西造口壁》：

郁孤台下清江水，中间多少行人泪。西北望长

安，可怜无数山。

青山遮不住，毕竟东流去。江晚正愁余，山深

闻鹧鸪。

山无论多深，鹧鸪声如悠扬的铜钟之声，在清幽的山谷环转回荡，舒缓绵长。在饶北河一带，有"一山一鹧鸪"的乡谚。鹧鸪喜欢在次生林、低矮灌木林、杂木林生活，喜暖怕凉，尤爱在清晨和黄昏时分，于低山间干燥的山谷、丘陵的岩坡和砂坡上觅食，喜食蚱蜢、蟋蟀、蚂蚁等昆虫，和灌木的嫩芽、叶、浆果、种子，以及谷粒、稻粒、黄粟等粮食颗粒。

一山一鹧鸪，并不是说鹧鸪是孤独的鸟，而是说鹧鸪有自己的领地。乡人不分鹧鸪、布谷、斑鸠，统称鸪鸟。其实，这是三种完全不同科的鸟，叫声也各不相同。斑鸠属鸠鸽科，常见的有山斑鸠、灰斑鸠、珠颈斑鸠等。布谷鸟属杜鹃科，又名喀咕、布谷、子规。鹧鸪属雉科，

119

和野鸡同科。鹧鸪是一夫多妻制，公鹧好斗，胜者为王，一个山头只有一只头公鹧繁殖和啼叫，其他公鹧则只能低调活动。

傍晚的鹧鸪声，听起来，有深深的孤独感。像一场晚秋的暴雨，浇得人浑身发寒。鹧鸪声中，田畴愈发显得广袤开阔，渐渐厚起来的暮色多了一分苍凉。上午，我在溪桥一带，走了一圈，听出有三个地方，鹧鸪在叫：一个在官葬山，一个在杉树林，一个在水库边的山崖上。鹧鸪常和野鸡在一起觅食。鹧鸪多的地方，野鸡也多。可我在这一带，从来没见过鹧鸪，也没见过野鸡。我妈倒常见野鸡，跑到我家溪桥边的菜地里吃食。菜地种了番薯、丝瓜、黄豆和豇豆，野鸡躲在丝瓜下，刨地吃食。我妈去采菜，野鸡扑扑扑从瓜架下飞起来，饰羽绸带一样飘，飞到坪上。

鹧鸪，四季都在叫，从早晨叫到傍晚。以前，我以为鹧鸪只是在求偶期欢叫，以穿透四野的叫声，来显示自己的雄壮威武。其实它的叫，和它张开翅膀撒野一样，都是对自己领地的宣示。鹧鸪带来了山林的神秘和惊奇。鹧鸪声回荡起来，让人觉得山林是多么辽阔深邃，一声声透出来，林子在山风中哗哗作响；泉瀑在山崖奔泻；4月的垂丝海棠艳得山野如火烧一样；冬季的积雪从树丫上嚓嚓嚓崩落下来；乌黑黑的云块即将震塌，暴雨横扫；太阳再也不会落山，山谷外空旷的盆地，盛满了无人迹的牧童般的回忆。鹧鸪声停歇下来，整个大地寂静了，山林潜入海底般寂寥，即使呼喊也不会有回声；天边的云朵在浪迹，无声漂泊；大地显露出原色，似乎我生活的村子——繁忙的人间——变得空无一人。

一个熟听鹧鸪声的人，只有到了中年，才会明白鹧鸪声：山河多可恋，独剩鹧鸪声。


盆地呈一个葫芦形。站在溪桥上，盆地尽收眼底。官葬山下废弃的砖厂在傍晚时分，如一块沾满了煤灰的油饼。砖厂已废弃三年，窑和烟囱都已拆除。初秋的气息，从日渐枯黄的狗尾巴草上散发出来。狗尾巴草沿着旧砖垄（晒砖坯的地方）两边，长得很茂盛，穗沉甸甸，往下垂。有一天，我突然想，砖瓦厂平时无人去，肯定会有很多鸟。无人踏足的旧生活区、长满荒草的旧厂区和溪边山脚，都是鸟的乐园。真是有趣，地面上，永远

121

都有生命的律动——人退出去的地方，昆虫、菌类、草木和鸟类以最快的速度到达，弥补人的缺失。它们到来了，大地再一次献出丰富和多情的博爱。我刚走入砖垒，一只珠颈斑鸠突然从草丛里飞出来。它飞得很低，几乎贴着地面，翅膀扇得很快，一张一收，往山下荒地的草丛飞。我变得蹑手蹑脚，不想惊扰斑鸠吃草籽。我更想看看它吃食。可无论我走得多轻，斑鸠都知道有人来了，可能是它感知到地面有震动，哪怕微小的震动。在砖厂走了半圈，有七只斑鸠飞走。

砖厂的边沿，是稻田。田埂没有种黄豆，荒着，竹节草和红蓼稀稀地长着。红蓼已开花，蓼穗弯弯。山雀十几只一群，在田埂下边走边跳，边跳边停，停停吃吃。我嘘一下口哨，它们便呼呼呼飞起来，飞到十几米外，又停下来。雀群飞起来，像水飞射出去的抛物线。我追着雀群，跑了几步，它们唧唧唧唧，边飞边叫，落在山塘边的茶树林里，再也不见了踪影。

嘘喊喊，嘘喊喊，上百只白腹鸫，在砖厂上空飞，叫得喜庆欢乐。它们像一群穿黑褐袍的修道士，出没在将黑的暮色里。假如距离白腹鸫远一些看，假如白腹鸫不叫，我会误以为白腹鸫是蝙蝠。稀白稀黑的暮色，透出天空的澄明。星斗，三五颗，爆在西边山梁的天幕上，像落在井里的琥珀。有十几只燕子，停在电线上，被风吹得摇晃，像荡千秋。

珠颈斑鸠在盆地，和麻雀一样普通。在山边，在菜地，在稻田边，在屋顶上，在公路边，珠颈斑鸠成群成群地觅食。尤其在秋日的晒谷场，谷香在晒席上流淌，我们在屋里吃饭或午睡，它们不动声色地来了，像一群神秘来客，不知道它们潜伏在哪儿，突然出现在晒谷场，落在晒席中间，趴着身子，飞快啄食。汽车从晒谷场边开过去，再响的喇叭声也不影响它们吃食。它们被汽车掀起来的风，惊了一下，甩甩头，挪一下身子，继续吃。在撒种的秋地，珠颈斑鸠吃种子，吃得很嚣张。坪下，有一块田，用于种菜蔬。翻挖的田里撒了萝卜种子。我去看过很多次。我坐在扁豆架下的田埂上，戴一顶圆边草帽，手上握一本米哈伊尔·普里什文的《鸟儿不惊的地方》。我并没有看书。晌午，并不热，但深秋泥地的燥气熏得我昏昏欲睡。我听见鸟呼嗝呼嗝落在萝卜地时翅膀颤动的声音。扁豆花娇艳，红紫白紫满架。我透过扁豆架，看见三只珠颈斑鸠落下来，在吃食。珠颈斑鸠体形娇小，头灰色，上体褐色下体粉红色，后颈有大块黑色，并布满白色颈斑。鸟灰扑扑，落在泥地里，很难被发现。吃了一会儿，咕咕咕叫几声。过了十几分钟，从坪上飞来二十余只，灰黑黑一片。

我看过最大的珠颈斑鸠群，有两百多只。有一次，我去板栗林里玩，我不知道有那么多鸟在觅食。板栗林在山腰上，站在溪桥可以看见光秃秃的林子。我想，站在林子里，看整个盆地，会有别样的发现。我捏了一根木棍，上了林子。林子里，铺满了板栗叶。铅灰色的叶子，一层叠一层。我刚进入林子，几只鸟呼噜噜惊飞，接着，整个林子飞出了鸟，呈波浪的队形，向对面的山梁掠去。我一下子回过神来，甚是懊悔：不该这么粗心大意，秋果自然落尽的林子，往往藏着不被人知的神秘鸟世界。

珠颈斑鸠在饶北河一带，常出没于河边稻田、甘蔗地、黄豆地和玉米地。这一带，食物过于丰富。村口的饶北河边，它们从柳树林或桂竹林飞出来，至少十几只。

珠颈斑鸠多，和它们的生活习性与繁殖习性有关。珠颈斑鸠以稻谷、玉米、小麦、豌豆、黄豆、绿豆、油菜、芝麻、高粱、黄粟等农作物和小坚果、草籽为食，也吃蝇、蛾等昆虫，食物十分丰富。珠颈斑鸠特别能繁殖，一年孵两到三窝，多则孵五窝，一窝孵卵两到三枚，孵化期十五到十八天，约两个星期，小斑鸠离巢。

其实，珠颈斑鸠生性胆怯，一般三五只外出觅食，见人即飞走。但它有时胆也很大，在我们阳台的花钵、空调室外管道、吊在屋檐下的篮子、阁楼的纸箱等处筑巢。它筑的巢粗陋，随便堆些草屑枯叶，一天完成筑巢。冬天，它常常来到我们的饭堂，在无人的时候，从笸箕里、从没盖的饭甑里，偷吃米饭。冬日短粮，它吃上一餐饱食，不容易。它像个窃贼，为了活下去，不再想生命安全的事了——吃饱了再说。若是不驱赶它，它便像个乡客，天天来吃——危险就在这个时候发生，把门窗关上，它成了笼中的囚徒。

珠颈斑鸠来过我的屋子，再也不离开。楼上有个房间，用于冬日晒黄豆、芝麻、南瓜子等，摆一张圆匾，靠窗晒。珠颈斑鸠日日来吃，再也不走。赶它，它也不走，至多飞在窗外的石榴树上。我日日投食。我在房间里写作，它在书桌上跳来跳去，把粪便屙在我书上。珠颈斑鸠叫声洪亮，声震三五里。咕——咕——咕，咕——咕——咕。第一声阴，第二声阳，第三声轻。一声长，一声短。听到它的叫声，便觉得它是蹲在树上，十分懒惰的鸟。在久晴欲雨，或久雨初晴时，珠颈斑鸠叫得最频繁，整个盆地，都是它们的叫声。其实，它只是贪吃而已。鸟为食亡，对珠颈斑鸠而言，十分在理。

在盆地，有不多的山冈，有不多的坟地，有不多的灌木遍野的荒地。我们在田野里做事，或者去另一个村子走亲戚，走不了多远的路，便听见"吁呱呱，吁呱呱，吁呱呱"的鸟叫声。我们会情不自禁地四野张望，放眼稻浪翻滚的原野。叫声从山冈或坟地或荒地传来，在某一片茅草地，在某一个水塘边。多么亲切的鸟叫声，像在说：水呱呱地叫着流。在秋日，当稻子已收割，田野尚未变得萧瑟，稻草人一个个站在田中央，野菊在田边开出金色花，竹鸡从山冈，摇着身子来到田里找谷粒吃。一只母竹鸡带着几只小竹鸡，纵列一个"一"或"～"

的队形，漫不经心，慢慢走下斜坡，跳过田埂，低头吃食。竹鸡是个完美的高音独唱演员，发出颤音，音色圆润清脆。

通常，它们不来田野，在山中林地，吃食，打斗，玩耍，咯咯咯地笑，像一群无忧无虑的少女，情窦初开，笑声放浪得近乎发抖，害羞又充满热望。竹鸡并不怕人，但很神秘。站在盆地边随便一个山冈，都可以听到"吁呱呱，吁呱呱"的啼叫声，亲切，毫不虚伪，似乎每一声啼叫，均发自它宽广无私的肺腑。优美的乐曲，从它口中唱出来，显得毫不吝啬。山林或田野，或河滩，或竹林，或峡谷的泉涧边，都是它完美表演的舞台。它不屑于跟前不多的听众，所以它敞开了嗓子：吁呱呱，吁呱呱，吁呱呱——如果，它需要尽情，它会在一棵树下，或站在林中岩石上，歌唱整整一天，直至太阳下山，月亮爬上它树叶装饰的屋顶。

可能竹鸡是一种害怕寂寞的鸟，山野过于寂静，北风不来，秋雨不至，新芽未出，草木枯去，多么寂寥。于是它叫，叫，叫来了秋霜，叫来了寒露，叫来了南雁，叫来了归客。

白露后的第三天，我在自家门口，还看见了一群翻飞的家燕，偶尔落在电线上，排出一个个黑点闪闪的省略号。我知道春分一过家燕即来，飞进家家户户，闪斜着身子，书信一样投入门扉，在屋梁下悬空筑巢，产卵育雏。可我从没留意过，家燕到底在什么时候离开南方，离开我的小村子。巷子里，椿树上的一只秋蝉，吱呀吱呀吱呀，叫得很凄厉，似乎秋蝉正在蜕壳，疼得难以忍受。

　　在我的印象中，7月之后，我仍能见着燕子。我问我妈，家燕是不是不走了，秋天还有燕子，是不是件新奇事啊？

　　"八月社，燕子回。"我妈随口说了一句谚语。

　　"什么是八月社，我第一次听说。"

　　"八月社，是秋收祭土地神的日子。一年，有两个社，二月社和八月社，都是祭祀土地神的。二月社也叫春社，庇佑一年耕种；八月社也叫秋社，表达对土地的感谢。二月社来了，燕子也来了；八月社过了，燕子不再留。"我妈说。

　　"八月社到，秋收到。草从这一天，慢慢黄。一年，从这一天老去。"我妈又补了一句。

听了我妈这句话，我心里很难过。她八十多岁了，走路颤巍巍的，烧一碗饭吃，都很难。我站在大门口，瞧自家的房梁，是不是有燕子窝。我妈说："朝东的屋子不筑燕子窝。"我家房子朝东。

"今年筑巢的燕子，明年还找得到自己的家。燕来燕去，往返的时间，每年都是确定的。这是大自然最神奇的地方。"我说。

"这有什么神奇呢？你无论走多远，都知道回家，同一个道理。"我妈说。我笑了，笑得像个孩童。


白露和秋分是入秋后重要的节气，秋风和寒露改写了大地，草枯水残，月色如冰。秋分过，白鹭远去，了无踪迹。但斑头鸭、赤麻鸭和小鹏鹏随即再到饶北河。它们一天也不耽搁。

四季之中，我尤爱秋天。秋天明净，大地纯粹。其实，大地之上，没有过客，也没有主人。秋天，万物那么坦荡赤诚。鸟儿，随处可见，它们的一生，以饱食和啼鸣来报答大地的恩情。

# 群鸟归来

还没到湖边，就看见了几个鸟群，往丛林和蕉草里飞。先是一群白眉姬鹟，唧啾唧——唧啾嘀——唧溜溜，有七只，露出油菜花一样的腹部，上下翻飞，扑溜溜，停在香樟树上。树梢还在沙沙响，领雀嘴鹎以椭圆形的方阵，从湖边的野荸荠里，旋风一样卷过来，唧嘎咕律——嘀嘀嘀——咕律嘀嘀，青黝黄的毛色，它们看起来，像一群在湖面穿梭的鳑鲏。蚁䴕像唱诗班里的小男孩，吼嚯——嚯嚯嚯——嚯呵呵哈，唱得忘乎所以。叫声从雀梅藤里发出来，轻曼舒缓，我循声而望，十几只蚁䴕哗啦啦，翻跟头一样，往上翻，越过青蓝色湖面，落入蕉草丛。

在入九龙湿地的第一条砂石路上，我看见了鸟群。

我停下了粗重的脚步，靠在一棵栾树下。栾树结出了萋叶，淡淡的褐色，簇成一朵朵盛花状。两只红嘴蓝鹊在斜出的枝丫上，彼此紧挨着，啾——唧——，彼此应和。砂石路像一条躲藏在草丛里的绞花林蛇，在初冬的阳光下，略显阴冷。右边是茂密的槐树林。槐树还没落叶，高大直条，树冠像个大圆筛，把阳光一圈圈筛下来，黄豆一般。树林侧边是湖泊。在树林和湖泊之间，有一条林荫道，十余米宽，草色青青。湖边四周是低矮的白茅，茅花低扬。我往林荫道走，树影落下来，水波一样晃动。棉凫有十几只，匍匐在白茅虚遮的水边。纯雪般的腹羽，映着蓝水色。它们悄无声息，黑绿的翅背像一片凋谢的荷叶。也不知道，它们是受了什么惊吓，突然从水面飞起，拍着扁扇一样的翅膀，翘起颀长的白颈脖，咕哩——咕哩，叫得很轻很浮，像是在说：归里，归里。

棉凫是体小的水鸭，头圆，脚短，一般生活在河川、湖泊、池塘和沼泽地，吃种子及蔬菜，尤其是睡莲科植物，也吃昆虫、甲壳动物，在树洞中筑巢。武夷山是它在南方的主要栖息地。它是九龙湿地的过客。它会飞往哪里度过寒冬？那个地方，只有它的翅膀知道。那里接近大海，是流浪者的尽头，是路的消失之处，是远方之外的远方。它叫得让人肠道痉挛。"归里，归里。"它是匆匆的旅鸟，我们是人世间孤独的旅人。它们落在一棵椿树上。光秃秃的椿树上，它们成了疏笔下遗漏的墨点。

林中的草地，多漆姑草、地肤和牛筋草。漆姑草正结繁星一样的草籽。几株翻白草摇着淡黄色的花。一只秋蝉吱吱吱吱，低吟幽怨。我转了十几棵树，也分辨不出蝉鸣何处。小雪刚过，湖面的白汽尚未散尽，秋蝉的叫声是一种隐喻：不只是花的凋零，还有身体的干涸，以及旅途的已知。一只金斑鸻低头吃食，时不时抬头望望四周，咀咕吁——咀咕吁——叫声清脆圆润，似乎浸透了晨间草叶的露水。金斑鸻也叫太平洋金斑鸻，在西伯利亚北部及阿拉斯加西北部繁殖；迁徙时途经我国全境，去往北纬25°以南（马来西亚、印度尼西亚至澳大利亚、新西兰及太平洋岛屿）越冬。它在沼泽地附近干燥的地面上筑巢，以植物种子、嫩芽，蜗牛等软体动物以及虾等甲壳动物为食。我用一根枯树枝，敲树干，嘟嘟嘟，金斑鸻呼噜一声，飞到湖对面的芦苇荡里。惊飞的，还有一只红脚苦恶鸟和三只扇尾沙锥。苦恶鸟躲在一棵老朽的银叶柳下，我没看到，它飞走的时候，嘴巴里还叼着一条虫子。扇尾沙锥可能还在湖边灌木底下打瞌睡——它在傍晚和夜间觅食，爱吃蚂蚁、甲虫等昆虫。它是个情感投入的美食家，叉开双脚，站在淤泥或湖滩，把长长的喙插入泥里，窸窸窣窣，有节律地探寻食物，夹起河蚌，扬起脖子，抖几下，抖入嘴巴里。扇尾沙锥听到了我敲树干的声音，突然从灌木里冲出，箭一样急速，往上往下，拐弯飞，盘旋飞，边飞边叫：呜——喊喊，呜——喊喊。它是来自北方的客人，将在这里和我们一起度过寒冬。

我在很多地方观察过鸟，但大多是在深山。在十余年前，去鄱阳湖畔，观察过冬季候鸟迁徙。鄱阳湖湿地迁徙的候鸟，一般是体形较大的鸟，群飞时，遮天蔽日，蔚为壮观。深山却多为中小体形的鸟，如环颈雉、秧鸡等，算是很大的鸟了。九龙湿地是瓯江支流大溪的外洲，呈蟒蛇状，四水环流，河道纵横交错，湖泊众多，树木参天。瓯江是浙江第二大江，曾名永宁江、永嘉江、温江、慎江，发源于丽水市的百山祖西北麓锅帽尖，出温州湾入东海，瓯江干流，自源头至入海口为三段，分别是龙泉溪、大溪、瓯江，全长近四百公里。发源于锅帽尖西北麓的龙泉溪，与发源于遂昌贵义岭黄峰洞山麓的松阴溪，在莲都大港头汇流，形成大溪，大溪流至湖边村，小溪从右岸汇入后称瓯江。瓯江苍茫，长流奔赴，浩浩渺渺，千帆高悬。两岸高山延绵，峰嶂叠峦，林木竞秀，泉涧不息。大溪吞泻北去，如群马奔驰，马蹄踏踏，悠远嘹亮。在九龙洲，群马卧了下来，打着响鼻，甩动着长长的鬃毛。雨季来临，大溪汤汤，如沸如喷，浪卷十里，吞没九龙洲，形成湿地。

南方雨季绵长，湖水充盈，水生植物繁盛。单说挺水植物，就有蘸草、荸荠、萍蓬莲、菖蒲、翠芦莉、紫叶车前、慈姑、池杉、大叶皇冠草、灯芯草、粉花水生美人蕉、海寿花、荷花、红杆再力花、红莲子草、花蔺、花叶芦竹、花叶水葱、黄花水龙、芦苇、鸢尾、蒲苇、千屈菜、金棒花、水芹、水苏、天景伞草、小香蒲、野茭白、野芋、雨久花、纸莎草等。更别说浮叶植物、沉水植物和浮水植物了。

大溪上涨，河水倒灌，河鱼择草产卵。河水退去，湖水却不外泄，滋养湖中万物。鱼成了湖鱼，繁衍生息。湖边有了蜗牛、石龙子、蜥蜴、蛇、壁虎、蛙、蝾螈、兔子、田鼠、蝙蝠、黄鼬、刺猬、鼩鼱、松鼠，有了蝶、蛾、蜻、蝗、蝉、蚁、萤、螟、蚤，有了瓢虫和蝼蛄、叩头虫。夏季的夜晚，树林里，萤火虫星星点点。萤火虫是世间最小的灯，游弋着，照亮了昏暗的天色，照亮了幽凉的湖面和童话。孩子提一个玻璃瓶，去林子里捉萤火虫。用一块纱巾，扎在细竹竿上，形如网兜，在头顶上，撩。撩一下，萤火虫落进了纱巾里。孩童把萤火虫吹进瓶子里，一只，两只，三只……玻璃瓶通体透亮，闪着白荧光，扑闪扑闪。孩童抱着瓶子，像抱着微笑的安徒生。年轻人也捉萤火虫，装进火柴盒里，在他的恋人面前，轻轻拉开，莹莹地照着恋人的脸，照着恋人泉水一样的眼睛。他们坐在树下，整个人间只剩下一盒萤火虫的光。

萤火虫，作为时间的信使，它准确预报：冬季迁徙而来的候鸟已悉数离开，回到了母地。凤头麦鸡回到了中南半岛，带着它们成群的儿女。青脚鹬一路向北，飞回西伯利亚。

夏季，九龙湿地并不清寂，并不因为冬季候鸟的离去而显得落寞。因为，更多的夏季候鸟顺着东南季风，来到九龙湿地安营扎寨。大溪初落，河水泱泱。桑葚红紫欲滴，叶蓼抽出穗状的红花如原野的发辫，垂柳发青，猫爪草在湖边张开金黄色的花瓣。短柱铁线莲再一次爬上了枯死的灌木。蓝翡翠驾着东南风，降落伞一样降落在翠绿的湖面。它站在树桩上或湖边低垂的树枝上，注视着波动的水面，突然扎入水中，长嘴插入鱼身，沿着水面飞，嘀恰恰嘀唧唧咕律律，边飞边叫，落在树丫上，摔打鱼，扑腾着尾羽，把鱼整条吞下去。它在林中筑巢，在湖边，咕律律咕律律求偶。

和蓝翡翠同时来到的，还有黑卷尾和红尾伯劳。黑卷尾浑身黑色，背腹蓝黑色，羽毛泛起金属的光泽。它从南亚海岛渡海结群而来，在这里孵卵育雏。黑卷尾又名黑黎鸡、黑乌秋，飞行时，不时啄食夜蛾、蜻象、蚂蚁、蝼蛄、蝗虫、蚱蜢。喜爱在大河边或沼泽边的高大树木上筑巢，用枯草做成杯状，裹几圈蛛丝。它俨然是林中骑士，穿一身黑色晚礼服，优雅机敏，它吹起嘘嘘的口哨：喊喊呗嚓，喊喊呗嚓。把它的口哨音译过来，是：吃杯茶，吃杯茶。多么盛情啊。红尾伯劳两翅黑褐色，内侧覆羽暗灰褐色，外侧覆羽黑褐色，颏、喉和颊白色，两胁较多棕色，下体棕白色，眼上方至耳羽上方有白色眉纹，多像爱化妆的豆蔻少女；喜欢成双成对出行，在开阔的旷野、河谷、沼泽地、低矮林地，捕食蝼蛄、蝗虫和地老虎，也捕捉蜥蜴。它喜欢唱歌，寂寞时唱，快乐时也唱：喊喊喊吱，喊喊喊吱，喊喊喊吱。听到它的歌声，可以这样想象：它翘着尾巴，抖着身子，脑袋左摇右晃，站在枝头，眼睛乌溜溜地转。

食物充沛的湿地，从来就是鸟的天堂。松鸦、红嘴蓝鹊、红尾水鸲、黄苇鸦、绿鹭、夜鹭、白鹭、黑领椋鸟、金翅雀、乌鸫、山雀、小鸦鹃、斑头鸺鹠、绿翅短脚鹎、斑鸠、白胸翡翠、灰头绿啄木鸟、灰胸竹鸡、冠鱼狗、矶鹬、金斑鸻、喜鹊、乌鸦、环颈雉、暗绿绣眼鸟、凤头鹰、白腰文鸟……它们和湖中的游鱼，同为自由的主人。

在湖边，我不时被已成了留鸟的绿头鸭惊诧得回不过神来。茂密的树林和渐枯的芦苇，掩映着湖面。绿头鸭三五只，躲在芦苇边安静觅食。远远地，它们发现了我，扑腾腾飞起。它是家鸭的祖先之一，叫声清脆洪亮。我和绿头鸭距离一百多米远，它们也很警觉，哗哗掠过水面，起飞。边飞边叫。叫声响起，湖里的绿头鸭，刹那间全部飞走。动物天生警惕人类。也许是因为，人类属于动物最大的天敌之一。绿头鸭在越冬地初春配对，用芦苇、蒲草、苔藓，在水岸边草丛中或倒木下的凹坑处，或在草滩上、河岸岩石上、大树的树杈间和农民的苞米楼子上营巢，初夏幼鸟出生。

带路的乡人陈惠军，五十来岁，是土生土长的九龙人，世代在大溪边生活。他知道斑头鸭、绿头鸭、白鹭、鸬鹚生活在哪些湖泊或水渠。他说，湿地里，白鹭、苍鹭、大白鹭，在下洲，栖满了槐树林，云朵一样，白白一片，这几天，有人在下洲暂时施工，游人去不了。这不免让我惋惜。路边的乌桕树，并不高大，有些瘦弱，树叶泛黄发红，高大的池杉青郁葱茏。莲子草完全紫了，接下来的霜期会使它枯黄糜烂。大山雀在沙路上机警地跳来跳去。银喉长尾山雀在乌桕树上，唧唧唧唧，显得落寞，在呼朋唤友。山斑鸠在粟米草丛里，有七八只，边吃边跳。我抬头看看池杉的树梢，几只斑鸫在嬉戏。

138

浅下去的荷塘，露出了灰黑色的塘泥。荷半枯半活。枯叶浮在浅水，青色的荷秆撑起独片的浅青浅绿的圆叶。萍蓬莲金黄的花像橘色的浮灯。半塘枯荷半塘浮灯。崖沙燕和池鹭，三五只，在塘泥里觅食。池鹭把长长的喙，插入泥里，插一会儿，甩几下脑壳，甩出泥沙，把泥鳅吞进去。鸡母鹬在荷塘上盘旋，兜着圈。

大溪拦腰抱住了沙洲，河水送过来的风，一阵阵地摇荡起白黄色的芦苇。沙洲的另一侧，是十余米宽的水渠。水渠里，生长着矮慈姑、金鱼藻、苦草、眼子菜和黄花狸藻。矮慈姑粉白的细朵小花开始腐烂，田字苹浮在渠水中间。陈惠军说，在月初，中华秋沙鸭已经来了，有十余只，去年来了八只，今年多了一倍。我听了莫名兴奋。中华秋沙鸭是第三纪冰川期后残存下来的物种，距今已有一千多万年，是中国特产稀有鸟类，属国家一级保护动物，数量极其稀少。

小兴安岭一带是中华秋沙鸭的繁殖地。秋沙鸭因越冬来南方。十九年前，江西弋阳清湖乡庙脚村信江河畔，第一次发现中华秋沙鸭在信江流域越冬。近几年，在婺源的星江边，发现中华秋沙鸭戏水捕食。九龙湿地去年第一次发现了它。它出没于林区内的湍急河流，或开阔湖泊，潜水捕食鱼类。它以家族方式活动，只在迁徙前才集成大的群体。它躲避人类，在隐蔽处生活，有时和鸳鸯混在一起觅食。筑巢于粗壮阔叶树的高处树洞，雏鸟一出窝，即从树洞里跳出来，快速入水。我很想看看中华秋沙鸭，但我知道，我没机会看到它。它太机警，没有三五天的远距离蹲守，就不会有这样的眼缘。

初冬，来九龙湿地越冬的候鸟，每天都有。这里是它们惦念的遥远故园，是它们的另一个故乡。继续南飞的候鸟，这里是它们万里旅途中，一个补给休憩的驿站。普通燕鸻、须浮鸥、赤麻鸭、白翅浮鸥、白眉姬鹟、阿穆尔隼、翻石鹬、黑翅长脚鹬、东方鸻、红颈滨鹬，作为天空的流浪者，是这里尊贵的客人。它们逗留之后，继续南飞。而有一些候鸟，则成了这里的永久居民，例如黑鹎、斑鱼狗、燕隼、红尾水鸲、水雉、彩鹬、黑尾蜡嘴雀、三道眉草鹀，它们再也不会回到北方。湖中，鱼很丰富，有鲥鱼、短颌鲚、寡鳞飘鱼、花鳗鲡、香鱼、三角鳊、逆鱼、刺鳑、鲫鱼、唇鱼、棒花鱼、颌须鮈、蛇鮈、长须鳅鮀、黄辣丁、沙塘鳢、泥鳅、鳝鱼、鲶鱼、草鱼、鳙鱼、白鲢、青鳞，等等。以鱼和河蚌、尖卷螺等为主要食物的游禽涉禽，万里迢迢来到九龙湿地。罗纹鸭、白眉鸭、红头潜鸭、针尾鸭、中华秋沙鸭、鸳鸯、赤颈鸭、斑嘴鸭、绿头鸭、赤麻鸭和反嘴鹬、黑翅长脚鹬，白翅浮鸥、红嘴巨鸥、鸥嘴噪鸥、红嘴鸥，以及小䴙䴘、凤头䴙䴘，还有鸬鹚、水雉，在这里飞舞出缤纷的世界。

鸟声喧阗，在树林里，在湖边，在芦苇荡。煦暖的南方冬季有些漫长，群鸟已经归来。鸟把道路驮在翅膀上，越冬的候鸟飞过太平洋，飞过青藏高原，飞过千山万水，日夜不息，来到这里。它们带来了歌喉，带来了舞姿。大地再一次繁盛。

## 鸟栖河湾

　　饶北河从上游的水坝泻下来，以半葫芦形包住北岸河滩拐下来，到了废弃的砂石厂，又以半葫芦形，包住南岸河滩，往东直流而去。河湾不足两里，分上河湾和下河湾，河水平静，在上下河湾交接处，有斜坡的河床，露出黄褐色的鹅卵石，流波击石，激越的水声叮叮咚咚。

　　河的两岸，有高高的石砌河堤。北岸的河堤上生长着芦苇、苦竹、小叶冬青、野刺梨、火麻、扫帚草、覆盆子、一年蓬、狗尾巴草、紫堇、薜荔、菟丝子，也有上百棵高大粗壮的香樟树和20余棵槐树。乌桕有三棵，并不高大，根却很粗——乌桕枝杆长了三两年，被人砍了，搭了南瓜架——乌桕籽晃在光秃秃的枝头上，告知我们，又一年的深冬已然来临。河堤上，不多的地方，被人垦出田垄，种上白菜、菠菜、大蒜、香葱、辣椒、南瓜、莴苣。河堤两个竖面，则长出一蓬蓬芭茅或芦苇，偶尔有几棵构树，斜斜弯弯长出来，郁郁葱葱。河滩青色涟涟，牛筋草和地锦铺得厚厚的。临水的淤泥上，生着红蓼、辣椒草、独角莲和野青茅、拂子茅。

春分之后，河滩上有很多地耳，一朵一朵，卷曲起来，缩在草芽下。提一个小竹篮，去捡地耳，洗净，配上豆腐、葱花、肉丝，做一碗酸汤，是迎春的第一道菜。人蹲在地上捡地耳，乌鸫也蹲在地上吃地耳里的蠕虫。乌鸫，是春季河滩最多的鸟，十几只一群，趴在地上吃食。地里有人做事的时候，乌鸫躲在樟树上，也不叫，从这根树枝跳到另一根树枝。它是一种习惯于沉默的鸟，全身乌黑，露出两颗黑豆一样的眼珠在打转。它勤于觅食，吃蜗牛，吃蜓蚰，吃菜虫，吃蚯蚓，吃蜘蛛。在寒冷的冬天，它吃樟树籽和尚未谢落的山毛楂。它频繁地来往于地面和高高的树枝，翅膀拍得呼呼呼响。乌鸫是一种非常快乐的鸟，像个生性乐观的人，人世间没什么事值得烦恼。乌鸫快乐起来，抖着翅膀，唱歌：喔喔喔，喔喔喔；

嚯噜噜，嚯噜噜。歌声婉转美妙，流泉般悦耳。一只乌鸫叫起来，整个树上的乌鸫也跟着叫起来，嚯嚯嚯，嚯噜噜。黄黄的喙快速地磕碰，尖尖的短舌颤动。无聊的时候，乌鸫也唱歌。在草皮地吃食，翘着小烟斗一样的脑袋，望望，四处无伴，它吱吱吱叫几声。声音低低，像山麻雀在叫。

鸣禽中，乌鸫是出色的歌唱演员，四季穿黑色礼服，眼圈涂上白眼膏，无论是站在树上，还是落在石头上，微微翘首，绅士一般彬彬有礼。高音，中音，低音，它自由转换，一会儿高亢，一会儿低沉，哔哩哩，哔哩哩，嚯喊喊。它的音域宽广，音色纯正，以颤音居多，偶尔像莎拉·布莱曼沐浴在星光之下，衣袂飘飘，夜风吹动她的吟唱，纯净、通透，不食人间烟火。乌鸫又叫百舌鸟，它既可以本色演出，又可作以假乱真模仿秀。它模仿野鸡叫，模仿猫头鹰叫，模仿树莺叫。它是个音乐天才，无所不能。爱鸟一族，喜欢养乌鸫。它性格温良，不像鹰类，以绝食拒绝人的饲养，尽可能远离人群。

溪边是乌鸫营巢首选之地。营巢在乔木的树梢或枝丫间，巢杯状，以枝条、根须、枯草、松针等混泥而造成，一次孵卵4—6枚，一年产卵1—2窝。在河边，我们抬头望樟树或槐树，枝丫上有鸟窝，大多是乌鸫营造。在房前屋后的板栗树或梨树或柿子树或枇杷树上，它的窝，也十分常见。乌鸫的雏鸟出窝即弃巢。秋后，寒风吹尽树叶，树丫上悬着的空空鸟巢，像一个托碗，就是乌鸫的弃巢。雏鸟出壳，全身鹅黄。雏鸟食量大，排出的粪便较多，亲鸟会吃粪便，清洁巢窝。6月的溪边，多乌梢蛇、白花蛇。蛇吃青蛙，吃蜥蜴，吃壁虎，吃老鼠，也吃鸟。蛇是大地的幽灵，亡魂一样游走在河滩、田野、菜园之间。它悄无声息，溜上树，芯子忽闪忽闪。它慢慢溜进了鸟巢，头伸进去，把雏鸟夹在嘴巴里，仰着头，抖着，把雏鸟吞进去。鸟窝里，叽叽喳喳，刚出毛的雏鸟，扒开小脚，往窝外爬，高高地滚落下来，落在地上，啪嗒一声。蛇阴冷的气息，会引起母鸟的警觉，站在窝台上，张开翅膀，尖尖的嘴不停地啄，发出吱吱吱的叫声，似乎在警示——以命相搏，玉石俱焚。乌鸫的喙，短而尖，像一根磨尖了的钢针。有一次，我站在樟树下，看见一条比井绳略粗的乌梢蛇，从树洞里爬出来，游上树丫，头伸进了乌鸫窝，母乌鸫叽叽叽，惊叫起来，抖着翅膀，像一架战斗机。这时，另一棵樟树上，飞出一只林角鸮，伸出铁钩一样的爪子，抓起乌梢蛇，飞到石灰厂边的岩石上。乌鸫一家幸免于难。

乌鸫爱干净，在暑热天气，会去溪里洗澡，站在鹅卵石上，往水里扑下身子，晃动，翅膀抖落水珠。乌鸫不是很惧人，常在人烟稠密的巷子出没，在阳台或在天台上筑窝。它像孩子一样，对世界充满了好奇心。它在中午，屋里无人时，用喙敲窗，嘟，嘟，嘟，形成习惯，每天在固定时间来。

河堤南侧是开阔的河滩，北侧是呈扇状的田野。田野的尽头是松林葱郁的山峦。虎斑地鸫像一个行吟诗人，在田野河滩，闲步于草地或稻草屑满地的冬田，站在河堤的黑石上，显得举止优雅又自信满满。它腹部虎斑的波纹羽，如慢慢涨起的潮。在灌木、草丛与草滩之间，它像披了一件袈裟，去寻访大地上的亲人。

河滩与河堤上，有许多体形较小的鸟类。作为南方种群稀少的鸟，灰胸山鹪莺在饶北河一带，却常见。在芦苇丛里，它们呈扇形，从这一丛芦苇飞到另一丛芦苇。灰胸山鹪莺轻盈地站在芦苇上，如轻风压过，芦苇悠悠颤动。芦苇也是一种让人悲伤的植物。芦花正夏（7—8月）时节从秆头上抽出来，白白碎碎；夏末穗熟，草籽随风而去。紧接着哀黄遍野，只留下风的痕迹，芦苇把年份淋漓地挥霍。让我们觉得光阴如此匆匆，以至于，我们对时间，是多么无能为力。但对于灰胸山鹪莺而言，芦苇是大地最仁慈的恩惠。它们在芦苇丛里吃食，唱歌，嬉戏。在村子的电线上，在豆架上，在甘蔗地里，它们落下来唱歌。尤其在河滩，凉爽的河风吹送，夏日的太阳将西，灰胸山鹪莺忍不住站在芦苇上放声歌唱：啾啾叽，啾啾叽。它的啼鸣，不紧不慢，叫一声，脖子胀开，灰白色的绒羽像一团张开的棉花。它的尾羽，比身子略长，张开的时候，像一把芭蕉扇。看到它，我们似乎理解了幸福——活得越简单越好。

饶北河已鲜有大鱼，毫无节制的毒鱼和电鱼，让很多生活在这里的物种濒临灭绝：河鳗、鳜鱼、大水虾、河蟹。鲫鱼、鲤鱼、鲶鱼、黄辣丁、翘白、宽鳍鱲、泥鳅却多。河湾有两个深潭，河水在潭里旋流。孩子在这里游泳。潭边，有茂密粗大的柳树。

柳树遮住了岸边的村子。若是夏季的阵雨来临，从山边白白亮亮地斜飘过来，蓝黛色的山峦便在远处显得更为清明，淡云浮在山顶如游丝。鱼在河面蹦跳，吧嗒吧嗒，溅起低低的水花。河滩上的地锦缀满莹白的水珠，闪射着银光。河水没膝，蓝翡翠突然出现在河面上，低低飞过。蓝翡翠栖于高枝，产卵时，在河堤或山崖上打洞（隧道式洞穴），孵卵育雏。它美得神秘，钻石蓝的羽色，珊瑚红的鸟喙长长，叫声清脆响亮：


姐呀姐

姐呀姐

清明打醮

坟头上纸


把它的叫声音译过来，是这样的。在河面飞起来，像一朵瞬间炸开的五色花，绚丽夺目。美人须深藏。蓝翡翠在河湾，并不常见。在饶北河流域，它是羽色最绚美的鸟。

在夏日阵雨后，粗腰蜻蜓、杜松蜻蜓、褐斑蜻蜓、黄蜻、麻斑晏蜓、乌带晏蜓、碧伟蜓和豆娘，从田野里，曼飞曼舞，来到河面，点着尾巴，欲停欲飞。它们是空中的舞娘，在河面表演空中霓裳舞。它们穿着月光一样透明华美的舞衣，闪着秋水一样的细腰，它们轻跳慢舞，水袖长挥，眸眼如夜明珠闪烁着晶光。它们如一群伶人。在欢舞的时候，蓝翡翠不期而至，衔起蜻蜓，一个腾空斜飞，回到了树上，吞食。

蜻蜓和鱼，都是蓝翡翠的挚爱。它低空直线飞行，眼睛注视着水面的任何动静。鱼在浅水悠游，怡然自得，吐水花，追逐。蓝翡翠冷不丁钻入水中，夹刀似的喙，叼起鱼，飞得无影无踪。

深潭的水面上，四季有小鹛鹛出没。小鹛鹛身子短圆，游在水面如一只麻褐的葫芦。我侄子几次对我说，叔，潭里野鸭真多，每天有十几只游出来，鬼一样精，人走过去，它们钻进水里，游到哪里去也不知道。村里人把小鹛鹛叫野鸭。小鹛鹛，又名王八鸭子，以小鱼小虾为食。豌豆熟时，小鹛鹛频繁出现在河面。两只亲小鹛鹛游在前面，三五只雏小鹛鹛游在后面，喊喊喊地叫，像快乐撒娇的孩子，似乎在说，妈妈，等等我；或者说，妈妈，给我吃。

小鸊鷉在草丛、灌木丛营巢。它们的巢隐藏得很深，被草叶树叶遮挡了。有时也营巢在浮草上。前几年，这里并无小鸊鷉。在上游的萤石加工厂关停了五年之后，河面出现了小鸊鷉，并一直留了下来。我去河滩，站在槐树下，看水潭是否有小鸊鷉出游。它们像童话里的独木舟，在"冲浪"，灵动如兔。往潭面投一粒小石子，小鸊鷉哗啦啦钻入水里。7月，小鸊鷉出壳了，吃下的第一餐是亲鸟的羽毛。亲小鸊鷉歪着脖子，从身上啄一根绒羽下来，喂给雏鸟吃，以保护胃，避免被鱼刺刺伤。羽毛富含蛋白质，又不易消化，像黏膜一样，垫在胃里。

雏鸟毛茸茸，在窝里四处爬，爬，爬，爬，爬出窝外，掉入水里，被鲶鱼一口拖走。亲小鸊鷉觅食时，把雏鸟带出去。雏鸟弱小，还不会在水里嬉戏，趴在亲鸟的背上，被驮着，周游世界。世界多么广阔，河面如宽阔无边的溜冰场。哦，它们还不知道顺流与逆流，还不知道季节风，还不知道山南水北。这有什么关系呢？母亲的背是世界上最伟大的帆船，帆船载着它们，见识水流、逆风和向晚的暴雨。出游，它们兴致勃勃，乐乐呵呵，欢畅而热烈。它们为自己的出游，欢欣鼓舞，为自己平安来到这个世界而激动喝彩。

整条河湾，只有这两个深潭，有小鹏鹏。深潭成了它们的私家庄园。偶有来客，如鹰鹃、翠鸟，都是临时的误入者，要不了两分钟，便飞走。

柳树上，知了从4月份开始叫，直到霜降，才停止。知了叫得嘶哑，嘶声竭力。在正午，叫得特别噪，像是知了的发音部与扩音器连在一起。有时，刚叫了两声，吱呀吱呀，再也没了声音——草鸮不动声色，来到柳树上，狠狠啄下去，知了无声无息地成了它的果腹之物。草鸮常在这一带活动，栖于高枝，巡视着四周地界，任何风吹草动，都逃不了它闪电一样的眼睛。它善于锦衣夜行。草鸮又叫猴面鹰，属于草鸮科，喙如钢丝般坚硬钩曲，利爪如大头鱼钩，强劲有力，尾短而圆。它处于饶北河流域鸟类食物链的顶端，捕食野兔、田鼠、蛙、蜥蜴、壁虎、蛇和小鸟。通常它从山腰的密林或竹林飞出来，凌空盘旋，打开折扇一样的翅膀，顺着气流，逡巡着大地，像一个威风凛凛的王。

另一种也常被称为猴面鹰的鸟叫仓鸮，多分布于云南南部，它可以说是离人类生活最近的鸮形目鸟。它在

151

人们阁楼的木桶或竹筐里筑巢，在人们废弃的柴房里筑巢，有时还躲在人们空置的谷仓里筑巢。有它筑巢的屋子里，不会有老鼠，也不会有蛇和黄鼠狼入侵。咕咕咕，它轻微的叫声，对于蛇鼠而言，相当于电击。但它对人，保持高度的警惕——拒绝和解，是它的天性。它宁愿饿死，也拒绝人的喂养——地面上行走的物种，不配和它成为朋友。它飞得那么高，我们只有仰望，以示我们的敬意。

当猴面鹰在河滩飞过，小鹛鹛立即钻进水里，其他鸟也躲在草丛或高枝的丛叶里。只有知了，还在叫，最终被自己的张扬和愚蠢害死。

斑鸠日日可见，时时可见。夕阳坠入山梁，夕光软软地照射着远处的田野，河水亮亮地东去，没入柳树林。斑鸠群，十几只，上百只，呼啦啦，从树梢掠起，飞过村子，消失在山林里。

水鹛和麻雀一样多，在芦苇丛里，草地上，菜地上，它们不知疲倦地吃食。我走路，用竹条驱蛇，竹条落下去，水鹛呼地群飞。在河湾走一圈，只需要 20 分钟。对于我的出生地——枫林，我每个月至少回去两次，每次回去，都要去河湾走走。这是一个看不厌的河湾。河面并不宽，河水也不深，但清澈。鸟爱在这里逗留，筑巢。

有密林的河滩，有泉涧的峡谷，都是鸟喜爱的地方。我们之中的绝大多数人，并不认识鸟，他们只会简单地称呼：麻雀、乌鸦、喜鹊、燕子、鹘雕、野鸡、野鸭、白鹭、老鹰。更多的鸟，他们说不上名字。似乎在饶北河一带，鸟仅有不多的几种。其实不然。我们走在河滩或峡谷，如走入一个突然敞开的鸟世界。这是一个啼鸣与飞翔构成的世界，生活着安徒生和约翰·巴勒斯。我也是对鸟一知半解的一个。我站在河滩边，听河水轻吟，听羽翅在树梢颤动，鹡鸰翘着颤颤颠的短舌，发出连续的颤音，丢，丢，丢，丢，我一下子安静了。我被一种无法言说的东西，填满了空茫的内心。我不知道这种东西是什么，但让我内心澄明，活得无比自尊。

## 草洲鸟影

早上 8 点，我去饶北河溜达，在河埠头，遇见两个妇人拎着篮子，拿抄网，急匆匆下河里去。

"你们这是去干什么呀?"我问。

"去捞鱼。凌晨，上游有人毒鱼，听说有人捞了几十斤。"一个五十来岁的妇人说，"河里有两年没有人毒鱼了，鱼多。"

河里，并无人捞鱼。可能捞鱼的人在上游。我下了石埠头，随妇人从河滩往上游走。走了几百米，我慢慢蹲在一丛芦苇下，看见两只白鹭在浅水里扑扇着翅膀，嘎嘎叫，快乐地跳舞。河面如一块不规则的玻璃。我一下子惊呆了——河面倒映着两只白鹭舞蹈的影子，像两团雪燃烧的火焰。

白鹭的倒影，怎么会这么美呢？为什么我会忽略了呢？之前，我观察的角度，大多集中在羽毛、叫声、飞行姿势、栖息地、营巢和觅食上。鸟的影子，倒立在水里，如太虚，缥缈，又真实。

白鹭从河洲飞起来，飞到对岸的石滩上。河洲呈长条形，被河水包着，像河流伸出的长舌头。我沿着堤岸下的便道，寻找可以去河洲的道路。河水流量很小，流水声也没有。便道两边是高高的芦苇和芭茅，高过了我的头。芦苇往路上挤，挤得仅容一人之身。芦苇太密了，隔断了行路人的视线。将黄的草叶，被风撩响，哗哗哗。两丛桂竹，茂密，但竹子枯瘦，仅大拇指粗。鸟叽叽喳喳，在草丛里叫。但我看不见鸟。

走了两百多米远，芦苇没有了，是干硬的河石滩。我瞭了瞭四周，发现一个可以去河洲的地方。那是一块砌高了基石的菜地。土还是松松的，没种菜，也没打菜秧。土灰灰的，偏黑色。一只乌鸫在菜地扒拉土，可能在找蚯蚓吃。这一条便道的旁边，被人挖出了四块菜地，有两块种了白菜，一块荒着。这是第四块。我摸了摸土，捏了捏，捏成了齑粉，一点水汽也没有。我跳下菜地，踏过十几个石块，到了河洲。

即使在水量丰沛的季节，河道也只有五十米宽。这是河床的宽度。

以前，并无河洲，这么窄窄的地方，哪来什么洲呢。挖沙的人把河道挖了，取走了沙，留下了鹅卵石。取完河道的沙，又取河滩的沙，把留下的鹅卵石堆在河道中间。就这样，一条河床，分出了两条小河道。堆鹅卵石的地方被挖机铲平，在雨季时，积淀了大量的淤泥和有机物。短尖薹草长得繁茂，从根茎里抽芽，数月后出穗，沉甸甸，穗粒饱满。4月，河洲成了一片略显衰黄的草洲。

草洲十余米宽，最窄之处约两米宽，但长，从樟树湾一直依着河床的弯曲度，往下游延伸，约有半公里。之前，我并没留意过这个河洲。我在河边溜达，常见打鱼的人，背一个电瓶，挎一个鱼篓，穿黑皮裤，站在河洲边沿，把电鱼叉，插入水里，嘟嘟嘟。这两边的水道，比较深，常能电上几斤重的草鱼和鲤鱼。前两年禁止电鱼、毒鱼，便再也没看过电鱼的人。

草洲平坦，人走在上面，松软。短尖薹草没了膝盖。

我怕有蛇躲在草丛里，用一根竹竿，打着草。这一带的白花蛇又大又多，捉蛇的老瘸，一年要在这里捉好几条。

白腰文鸟是草洲里最多的鸟了，比山麻雀还多。白腰文鸟也叫禾谷，叫声很细腻。它爱吃穗状的草籽，吃得仔细谨慎。没有被什么惊动的话，它会一直窝在草丛里，安安静静地吃。它机警灵巧有礼貌。它发现我，立即呼呼飞走，边飞边彬彬有礼地叫几声：嘻嘻嘻嘻，嘻嘻嘻嘻。一只白腰文鸟叫，草丛里其他同伴，呼噜噜，一起飞走。但它们飞得并不远，在百米开外，落下来，继续吃。

山斑鸠却很愚笨，缩在草里，也不知道它在干什么。竹梢快打到它了，它才飞出来。它起飞的速度非常迅速，翅膀振动时，发出扁担承重时的咔嚓咔嚓声。它直直射向岸边的槐树，不见了踪影（被树叶遮挡了），咕咕咕，咕。一声比一声高，声调高得整个田野都可以听见。这让我生气：似乎我是一个冒冒失失的人，它必须对我发出愤怒的警告。我望着槐树，却显得无可奈何。

短尖薹草可能是河边繁衍最快的草了。河洲形成，没到三年便长满了短尖薹草。除了几棵杨柳（挖沙时掏出来的杨柳，一半埋在鹅卵石下，一半露出来），我没看到其他树。其他草，也很少见。芦苇也没有。我摘了一把短尖薹草，编织了一顶圆形的帽子，戴在头上。假如我坐在草丛里，估计无人会发现我。鸟，也不会发现我。

河面露出许多鹅卵石。鹅卵石如钵头一般大，灰黑色，或青黝色，或深黑色。这不是石头的原色。干死的水苔、穗状狐尾藻、马来眼子菜，裹着鹅卵石。河水少得几乎没法流动了。

也许气温升得比较快，白鹭要歇歇凉。白鹭站在鹅卵石上，缩着身子，不吃不动。我数了数，一共 13 只。我尝试着学白鹭叫了几声，它们没有丝毫反应。据家住河边的人说，到了晌午，这两边水道上的鹅卵石，蹲了上百只白鹭。我不知道，白鹭是不是迷恋自己倒影的鸟。它的倒影，比它本身更美，一团近似虚幻的白雪。

倒影是一种镜像原理。美人爱照镜，既是想亲眼见证美，也是怕容颜老去，花色不再。有些鸟，也爱照镜子。如鹦鹉，如太阳鸟科的紫颊直嘴太阳鸟、蓝喉太阳鸟、绿喉太阳鸟、黄腰太阳鸟、火尾太阳鸟，如白头鹎，如小太平鸟，如红嘴相思鸟。

白头鹎又叫白头翁，因雄鸟枕部格外醒目的白色而得名。它和麻雀、绿绣眼合称"城市三宝"。它不但不怕人，还特喜欢和人亲近。车子停在公园或林荫大道上，白头鹎会对着车子后视镜，照自己的身影，梳理自己的羽毛。红嘴相思鸟因为爱照镜子，常在窗户玻璃前摇着淑女一样的身姿，轻快地飞舞，而误入屋子里。

古代，有一种传说中的神鸟，叫鸾。它爱照镜子。南朝宋的范泰在《鸾鸟诗序》里记了"镜里孤鸾"的故事：

昔罽宾王结罝峻祁之山，获一鸾鸟。王甚爱之，欲其鸣而不能致也。乃饰以金樊，飨以珍羞，对之愈戚，三年不鸣。其夫人曰："尝闻鸟见其类而后鸣，何不悬镜以映之？"王从其言，鸾睹形感契，慨然悲鸣，哀响中霄，一奋而绝。

而白鹭并不照镜子，它在幸福地打盹，把倒影留在水里，被细小的水波晃动着。

树影还是西斜的，从上游河岸下来五六个人，拎着塑料桶，或提着竹篮子。他们大声说话，嘻嘻哈哈。一个中年男人说："我们去得太晚了，早去一个小时，至少可以多捡两斤。"一个高中生模样的孩子说："河里有死猪，发瘟死的，不知道鱼可不可以吃。"一个穿花色长袖的中年妇女说："鱼会发瘟，鱼早死了，不用人去毒鱼了。"一个戴斗笠的中年妇女说："听说马车村的那个妇女，捡了五十多斤小鱼，那么多鱼，怎么吃得完，她真笨，捡那么多干什么？"

河岸上有很多樟树，他们走过来的时候，一群山鸦，扑扑扑，往草洲飞。他们走远了，四周一片安静，除了叽叽喳喳的鸟叫声。

在草洲，我看见好几个空空的鸟窝，有的鸟窝结在短尖薹草的秆上，像个小吊篮；有的鸟营巢在地上，干草一圈一圈卷起来，像个碗；有的鸟窝干脆建在沙地上，零零散散地铺着干草。斑鸠是营巢在树上的。但我见过斑鸠趴在黄土上孵卵，一片干草也没有。可见相同的鸟，即使在相同的区域，营巢方式也有可能不一样。

越来越多的鹭鸟，来到了水道的鹅卵石上。褐河乌也来到了鹅卵石上。这种别名水乌鸦的乌黑色的鸟，专注地盯着水面。它吃水生昆虫，偶尔吃些植物叶子。河流，是它唯一的家园。它的一生，不会远离河流。它栖落在河石，或低低飞翔在或生机勃勃或死气沉沉的河面，我们会被它深深感动。倘若是春天雨季的急流，水撞击着巨大的河石，它站在河石上，蹲下，耸起，翘着尾巴，按二分之一的节拍，跳"摇摆舞"。悦耳的水声，激发了它，鼓舞着它，它再也不想成为河流上的默默无闻者。若是不被打扰，它可以跳几十分钟，边跳边梳理自己的羽毛。它迎着急流低飞，沉入水中吃食。它是鸣禽，并非游禽，但它以河流为家。

我庆幸自己因为无意的溜达，来到了草洲。这是一个很小的秘密世界。原本好好的河道，被破坏了，鱼少了畅游的河面，但堆出的草洲却给鸟带来了美食，带来了安居之所。所谓"失之东隅，收之桑榆"，这样的事，谁又说得清楚呢？


再过两个月，就到冬天了。冬天，草完全枯死，草籽落入泥沙，不知这里还会有什么鸟。

不等到冬天，我又来了。隔了半个月，正是寒露后的第二天，我坐了一个小时的公交车，在河湾下车。寒露是深秋最重要的节气之一，露水缀满了草叶，草木即将凋零，大地裸露出原色，夏候鸟将不再停留南方。

除了打鱼的人，是不会有其他人来草洲的。我这样想。

下了河埠，弯过便道，我看见一群黑水牛在草洲上吃草。牛有十几头，四头大牛，五头中牛，七头小牛。牛在水坑边撩起长长的舌头吃芭茅叶。我站在一棵老柳树下，有些失落，除了麻雀和树莺，我没发现其他鸟。平时在这里活跃的牛头伯劳，一只也没有。

这时，一个穿蓝靛色秋装的大叔，握着牛鞭子，从芭茅后面转了过来。我问大叔："这是你家的牛吗？"

大叔看看我，点点头说："中午把牛赶来喝水，等一下赶到南泥湾去吃草。"我说："这里不是好的草场，养不肥牛，南泥湾有一大片黑麦草，去那里好，要不要我帮你一起赶牛呢？"

"牛不用赶，母牛走在前面，其他牛会跟着。"他晃了晃手上的鞭子，说，"你是不是捕鸟的？"

"怎么这样问？"

"那边有几个捕鸟的陷阱，可能是孩子们玩的把戏。"大叔指了指芭茅丛后面的几棵洋槐树。

我三步并作两步，走到洋槐树林里，脚下溅起了许多黑泥浆。我看见一根麻线绑在低处的树枝上，往下拉紧，扣在一个门字形的机关上，圆圈形的脚套里，放了一把谷粒。这是双脚踏门捕鸟机关，也是捕鸟最简易的机关，常用来捕布谷、鹧鸪、野鸡等食谷类野鸟。地上的谷物，还没被啄食，估计是早晨，或昨天傍晚布下的机关。我摸出打火机，把麻线烧了。

在洋槐林，我发现了三个陷阱。我是第一次发现，在这一带，有人设置原始陷阱捕鸟，这会是谁呢？以原始陷阱捕鸟的人，大多为了玩乐，不会为卖鸟而捕鸟。卖鸟的人，一般架网或投毒捕鸟。而这一带并没有这样的人。我认识一个捕鸟人，架铁丝笼，布堂阵，捕野鸡。但他从没捕获过野鸡。他也不明白为什么，听到野鸡叫，就是抓不到。他带我去堂阵。我看了，笑而不答。他的堂阵，没有给野鸡留路，野鸡不会进来。野鸡扒食，留了路留了食，它才会边扒食边进来。我反对一切方式的捕鸟，怎么会把这个秘密告诉他呢。

这时我留意到，整条河岸，没看到一只白鹭。白鹭飞走了。秋天也将彻底远去，似乎霜雪为期不远。

泥坑已没有积水，但泥浆软烂。乌黑黑的泥浆显得肮脏，蟆子密密麻麻停在泥上。七八只斑胸钩嘴鹛在泥坑吃蟆子，喙角裹着泥。斑胸钩嘴鹛略显黑褐的背部，和泥浆颜色差不多。它们呼呼飞走的时候，我才发现泥坑里窝着一群不声不响吃食的家伙。它们飞到洋槐树上，上枝飞下枝，下枝跳上枝。"叽，叽——咯，咯——"，它们像一群放学回家的孩子，欢叫得多兴奋。

肮脏的泥坑有一股发酸的熏臭味。但它却是斑胸钩嘴鹛的粮仓。虫子在泥坑产卵，腐烂的有机物滋生白菌，蚯蚓在泥坑中扭动。这些都是斑胸钩嘴鹛最好的食物。大自然从来不会浪费自己的每一滴水，每一块泥，每一根烂木，这是大自然最伟大之处。

牛离开草洲一个多小时，正是晌午时分，乌鸫飞来了。还飞来了三只红尾水鸲，它是南方留鸟，栖息于河谷沿岸、湖泊和水库、水塘边。它主食昆虫，食少量草籽。深秋，草洲上的昆虫已大量死亡，或即将死亡。即将死亡的蚱蜢和飞蝗肥胖得像一辆拉满货物的手扶拖拉机，笨拙，有着与昆虫不相称的肥大。红尾水鸲叫得很轻，很快，连续发出"叽叽叽叽"的声音，像风中的竹叶，沙沙沙，风吹多久，竹叶声便响多久。

秋稻已经收割。草洲、野草地，成了鸟类主要的觅食地。在几年前，挖沙人开挖河道，我十分憎恨。河道破坏，水会流失，也失去了河道原始的美，鱼的生存受到了威胁。无意间留下的一片茂密草洲，却让鸟多了一块觅食地。我还是憎恨挖沙人，但已不那么强烈了。鸟代替了活得无比艰难的鱼。我因此原谅了深秋的荒芜。

# 马金溪的斑头秋沙鸭

他们（十几个文化人）在下淤村的汉唐香府喝茶，我一个人在石埠桥看落霞。落霞转瞬即逝，茶可以慢慢喝。以石埠搭桥，是中国古老的建桥方式。我在南方，看过无数的河流，但很少见到石埠桥，要么被砂石掩埋，要么石埠被人抬走，取而代之的是公路桥。溪水汹涌，撞击着石埠，形成回流，一涡涡，吞泻而下。平静的溪面，并无水波，也看不到水在流。我以为，上游水源不足，水已无法流动，实际上，这是静水深流。水有一种带走一切的力量。

溪叫马金溪，清澈见底，软细的沙可见。下淤村在右岸，城边村在左岸。石埠桥上游两百米处，有一座木桥，如彩虹拱于两岸。

在百十年前，下淤村还没有村，连屋舍也没有。每年雨季，马金溪滔滔的洪水，扬起浊浪，席卷了右岸的滩涂。开化县处亚热带北缘季风气候区，温暖湿润，雨量丰沛，四季分明，东南风吹来，雨婆婆娑娑，自山顶而下，飘飘洒洒，乌黑黑的雨线如密织的麻布。每一年，洪水过后，淤积下厚厚的泥沙。泥沙长芦苇和灌木，也长藤萝。叶姓的村民搬迁到了右岸，取村名下淤。下淤人靠山吃饭养家，种香菇，种木耳，制葛粉，制豆腐。早年，伐木。马金溪是放木排的主要水路。山里人穿着短衫扎着腰巾，撑着木排，踏水放歌。马金溪是他们的命脉。下淤人把水果一筐筐运到十里外的县城去卖。他们挑着担子，踏过石埠桥，搭个便车，卖土货去了。

石埠桥被水淹了，他们走木桥。木桥板用大钢钉钉死在木桥墩的横档上，桥桩用铁链扣死。桥桩连桥桩，再大的洪水也冲不垮木桥。木桥，村头村尾各有一座，像双彩虹落于马金溪。我在木桥上奔跑个来回，木桥板嘣嘣嘣，响得格外松脆。若是夏季，村童十余人，一字排开，站在木桥上，做一个鱼入深渊的姿势，飞入溪中，啪啪啪，溅起高高的水花。村童从水面扬起晒得黝黑的脖子，抬起脸，嘻嘻哈哈地笑。

洋槐的落叶一层层铺在石阶上，碎碎的黄。草皮滩也无草，铺满了落叶。落叶卷曲，被风轻轻扬起。秋风真是好东西，收割落叶，也收割秋水。秋水并不瘦，也不肥。秋水收走了溪的燥气。

岸边即将枯死的茅草，乱蓬蓬的。茅草并不茂盛，但足够遮盖露出溪边的淤泥。我在溪边踱步，一群水鸟从茅草蓬游了出来。说是一群，其实就三只。我看不清是什么水鸟。斜着光，看不清水鸟的毛色和喙的形状与颜色。在霞光漾起来的水面，鸟露出浅浅的脊背，脖子细短，头部呈半个叩指形，游得不动声色，水波一圈圈往前推移。游出三分之一宽河面时，一只水鸟扎入水中，没了身影。接着，另两只也扎入水中，没了身影。我挨着洋槐树，侧身在树后躲着，等待它们露出水面。

等了半分钟，它们露出了水面，散开，在溪中央。晚出没，游禽。我预判是鸊鷉。鸊鷉是冬候鸟，在南方越冬，栖息于开阔盆地、丘陵、平原的河流、山塘、湖泊，小群觅食，大群集结迁徙。在南方僻静的河流地带，食物丰富，鸊鷉也有大量留鸟。鸊鷉机警，躲着人，听见人声，立即潜水而逃，随波逐浪而居。但它并不远离人。在公园的小湖泊或城中河，也常见鸊鷉，栖息于芦苇或茅草丛中，或营巢于树洞。

溪边石阶上，落满了洋槐叶，碎碎的赤黄。城边村虚虚地隐在山影里。牛脊背一样的山梁，浮出一晕晕的霞光。溯溪而上，至木桥。我坐在木桥上，看河面。我心想，这一截溪流，肯定还有另一群或几群水鸟在栖息。夕阳下山，正是水鸟觅食的时候。隔了十分钟，果然有一群水鸟从一丛短尖薹草中游出来。它们游过来了，迎着水波，晃着头。我一下子看清了它们：游在最前面的一只，头顶栗色，眼周黑褐，背羽灰白浅褐，喙短而扁，全喙深银灰色；尾随其后的一只，头顶白色耸起如小凤冠，眼周、枕部、背黑色，腰和尾灰色，两翅灰黑色；后面以半扇形排开的三只，其中一只白头，两只栗头。它们一边荡着水，一边游。我差点惊叫了起来：斑头秋沙鸭！白头是雄鸭，栗头是雌鸭，它们一家子，悠游觅食呢。

我从来不敢想，在毫无防备的时候，竟然看到了斑头秋沙鸭。斑头秋沙鸭无亚种，在中国分布甚广（栖息

169

地碎片化），在长江流域，在低地森林的湖泊、河流、山塘等开阔地带尤其常见，属于冬候鸟，二十至三十只小群迁徙栖息，一夫多妻制生活。

斑头秋沙鸭，我见过几次。1990年深秋，我在上饶的礁石村，坐竹筏游信江。礁石一带的信江两岸，树林茂密，野草丰盛。树枝一直垂下江面。撑竹筏的张师傅四十来岁，见多识广，爱钓鱼。我们顺江而下。竹筏走了大约一公里，到了一个大礁石前的柳树滩，一群水鸟扑棱棱，从水面起飞。十余只水鸟踏水起飞，水花扑洒。老张呼叫起来：斑头秋沙鸭，斑头秋沙鸭。我便记住了它。

2016年暮秋，在横峰，我和徐勇游赭亭湖，天微凉，也微雨。在僻静的湖坝湾口，二十余只水鸟惊飞而起，掠起水花，哗啦啦。我们一船五六人，被它们惊呆了。他们叫着：野鸭，野鸭。其实不是野鸭，惊飞的水鸟，有斑头秋沙鸭，有绿头鸭，也有斑头鸭。它们混杂在一起觅食，嬉戏，享受大自然给予的丰富的食物和远离尘嚣的宁静。

这么短短一截马金溪，我看到了两群斑头秋沙鸭。

我估计，远不止这些，应该还有。作为一个种群，它们还有至少十只，会在附近溪面出现。

马金溪自北向南流，飘忽如带。马金溪是钱塘江的源头，跳珠飞溅，悬瀑倒挂，出幽峡，至山中盆地，水流平缓却浩浩汤汤，九曲至常山县境内，又名常山港，向东，泻入衢江。严冬的傍晚，月亮山下的下淤村堆满了落霞。柳树梢上，银杏的斜枝上，落霞一撮撮，如粉团蔷薇。马金溪跳动着水光。青黛的山影在河面漂浮，像一片湿漉漉的芭蕉叶。喜鹊飞过樟树林，嘻叽叽，嘻叽叽，叫得欢快又热烈。溪水如一个滑音，从琴弦上轻轻溜过。山，是一种很神秘的地貌，高山必深，深山必幽，幽谷出清泉碧涧。在浙北、赣东、皖南，两条山脉如飞腾盘龙，盘踞在方圆数百公里的大地上。东出皖南的新安江，经建德、桐庐、富阳，汇入钱塘江；南出开化济岭的马金溪，经开化、常山，入衢江，再入钱塘江。两江汇流，奔腾入海，万化归一。

我继续溯溪而上，约两百米处的公路桥下，一个浮着碎叶莲的水洼口，又有三只斑头秋沙鸭游出来。我踩在洋槐落叶上，窸窸窣窣的脚步声惊扰了它们，它们快速扎入水中，潜下去，到了溪中央浮出来，摇着身子，顺水而下，转眼不见了踪影。

霞光慢慢变白，白出稀稀的朦胧感。光在收缩，聚拢，收进了水里，收进了山峦里，收进了水蓝色的天空里。下淤村所处的音坑盆地，绿水相映，横桥疏影。一只白鹭，沿着溪面的中等线，往下游飞。溪边密密的树林里，鸟叽叽喳喳地叫。三只乌青色的卷尾鸟，从对岸的电线上飞下来，飞入香樟林。

天色欲暗未暗，薄而透明。四周的山峦凸显出优美的山脊。我沿着林中石板路，往上游的木桥走。另一侧堤岸下，人工种植的苗圃，有很多鸟在叫。鸟太多，我分辨不出有哪几种。苗圃的树苗高过了堤岸，露出半截树冠。

在一棵洋槐下，有一块八仙桌大的淤泥洲，长满了茅荪。七只斑头秋沙鸭从茅荪丛游出来。我的心怦怦跳。我捂住了自己的嘴巴。淤泥洲离我只有十来步的距离，我看得真切了——这是我离斑头秋沙鸭最近的一次，整个河滩只有我一个人。树林是空的，除了鸟和风。它们游得那么逍遥，像一群逍遥僧。

在不足一公里的马金溪（下淤村口河段），在同一个黄昏时分，我竟然发现了四群斑头秋沙鸭，我暗暗惊喜，也暗暗讶异。略感惋惜的是，我没听到一声斑头秋沙鸭叫。

光收尽了，天却没有完全黑——薄薄的月亮升在半中天，月是残月，如一把弯刀。溪水一直在流，但我们听不见流水声，也看不出流速。马金溪像血液在血管里一样流得安静。

马金溪为什么会有这么多斑头秋沙鸭呢？我给了自己答案。斑头秋沙鸭又称小秋沙鸭、熊猫鸭、白秋沙鸭。它很容易和鹊鸭混在一起。它还叫鱼鸭。它叼鱼吃鱼，是绝活。马金溪禁止污染，禁止打鱼，溪中鱼虾螺多样且丰富，为斑头秋沙鸭提供了足够的食物。更重要的是，马金溪两岸河滩，有十分丰茂的树林，溪边有茂盛的野草和水生植物，可供水鸟藏身、营巢。

一条保持了原始风貌的马金溪，是鱼虾的幸运，也是斑头秋沙鸭的幸运，更是河流的幸运。

## 燕子的盟约

"爸爸，这是什么鸟呀？"在去池塘的路上，女儿仰起头，看着停在电线上的十几只鸟，问我。我说是燕子呀。"去岁辞巢别近邻，今来空讶草堂新。花开对语应相问，不是村中旧主人。"我随口吟咏唐代韦庄的《燕来》。

"哦，这是燕子，我才第一次见识呢。"女儿说。她读小学四年级了，很少回她祖母家，自是鲜见燕子。

"燕子春来冬去，是夏候鸟。吃很多害虫呢。"我说，"燕子停在电线上，多像五线谱上的音符啊。有了燕子，江南才有了韵味。"

女儿撑一把绿伞，细雨蒙在伞布上，耸起毛茸茸的雨珠。她天真地问我："爸爸，燕子从哪里来，又去哪里呢？"

"我们所说的燕子，是家燕、金腰燕、雨燕等燕科鸟的统称，家燕和金腰燕在云南和东南亚等地越冬，而雨燕在夏季繁殖后，便日夜飞行，跨过欧亚大陆，去非洲和印度越冬。雨燕的一生中大部分时间都在飞行。它可以边飞边睡觉。"

"雨燕为什么要去遥远的非洲和印度越冬呢？一生在飞行，多艰苦啊。麻雀哪儿也不去，就在稻田里吃谷子，多自在。"女儿说。

"在哪里生活，由鸟的习性决定。鸟和人一样，不同的鸟有不同的命运。所有的鸟，都要飞行。鸟不飞，哪配拥有一双翅膀呢？鸟渴望自由地飞，因为鸟有一颗向往蓝天的心。鸟飞起来才快乐。"

女儿似懂非懂，哦哦哦，应答我。"燕子从哪里来，又去哪里呢？"女儿问我的话，既是鸟类学问题，也是哲学问题。从哪里来，到哪里去。这也是人的困惑。假如女儿继续问我，燕子什么时间来，什么时间去，我又该怎么回答呢？女儿在城市长大，燕子在她眼中，仅仅是一种鸟，和麻雀、白鹡鸰等无异。对于在乡村度过童年的人来说，燕子不仅仅是一种鸟，还是故土家园的形象符号。

春分，是最重要的节气之一，《春秋繁露·阴阳出入上下篇》说："春分者，阴阳相半也，故昼夜均而寒暑平。"南北半球昼夜均长，为春天之中分，故古时又称"日中""日夜分""仲春之月"。大地泱泱，梅雨绵绵，池塘日日冒着水泡。天空是一架纺纱车，被一只手不知疲倦地摇着，摇着，纺下一匹匹的羽纱，柔柔娉娉萦绕。

饶北河是信江支流。在饶北河上游，有这样的谚语：燕子随社日，翻耕下种子。春社是立春之后的第五个戊日，是祭祀土地神的日子，祈愿一年风调雨顺。这一天，把牛赶往田里，犁铧掀翻冬眠的土地，灌水育种。这一天，田野里飞来了燕子。

燕子喊喊喊喳喳喳，田野被吵醒了，野花一节节长。惺忪的田泥里，爬出了促织，青蛙开始产卵。我村里有一个姓姜的老人，自学八卦、命相、风水，对饶北河一带的物候，有着年久细致的观察。他说，谚语说的，一点也不错，他观察了燕子五十余年，发现燕子确实是社日来到饶北河流域的。

田野的燕子，越来越多。人也越来越忙。燕子也越来越忙。

家燕、金腰燕和雨燕，虽均被称为燕子，其实分属不同。家燕和金腰燕同属雀形目，雨燕则是雨燕目。雨燕翼长，飞行时向后弯曲，如镰刀一般，腿脚弱小，仅有四个脚趾，且都向前生长，因此不善奔跑与行走。它们在屋顶上、悬崖缝隙、较深的树洞等处营巢，巢比较简单，呈碟状，平坦光滑，由雌雄两鸟共同建造。观察物候的姜姓老人，干瘪的嘴巴嚅动起来，说："燕子过海远行，嘴巴衔一支小树枝，飞累了，把树枝落下海面，站着休息一会儿，没了树枝，燕子会淹死。"一个生活在山区里的老人，一辈子也没看过大海，他说的，是饶北河代代相传的传说。以讹传讹的传说。而家燕、金腰燕一般在房梁下、墙壁上、横梁上营巢，选定营巢地点后，燕子夫妇衔湿泥、麻、线及草茎，混以唾液，形成小泥丸，然后再用嘴把泥丸从巢的基部逐渐向上整齐而紧密地堆砌在一起，形成一个非常坚固的外壳，内室则铺以软干草，巢口朝上。

大地转暖，我们便盼望燕子的到来。莲叶青青，杨柳扶疏。田畴水泱泱,绵绵春雨,长河不尽。油鸭在河面唧唧,撇开小腿在水面跑,水珠往两边溅,留下一痕痕的水线。我们望着房梁,旧年的燕巢空空,黄白色的巢泥似乎粘着去年燕子的体温。梁木上,还有燕子白白的粪便。我们围坐在燕巢下的八仙桌旁吃饭,似乎仍有雏燕在叽叽喳喳地叫,翘起淡黄的嘴巴嘻嘻嘻,等待母燕喂食。

某一日,我们在厅堂里泡谷种,一双燕子从大门斜翻着身子,飞了进来,欢快地叫,在厅堂里转着圈飞,转了三五圈。嘻嘻嘻的叫声那么熟悉,像一个出了远门的人,突然回到了家里,话长话短,欢笑不断。燕子停在房梁上,看着我们。孩子唱起了童谣:

> 小燕子,穿花衣。
> 年年春天来这里。
> 我问燕子你为啥来?
> 燕子说:"这里的春天最美丽。"
> ……

家燕和金腰燕均身着深蓝色花衣。家燕喉部棕栗色，腹部纯白或橙色。金腰燕从喉部到腹部，有细细深色纵纹，腰橙黄色，如金腰带。它们是我们的亲人，也是住在我们屋里的神。田野上，燕子斜斜翻飞，三五只，七八只，十几只。它们穿着分叉的燕尾服，发出幽蓝的金属光泽，站在电线上，以一字队形排开，像等待着在阔亮的田野里演出。

雄燕在电线上，在田埂上，在空中，抖着燕尾，撒开翅膀，露出雪白的腹部，向雌燕展示自己的舞蹈——它们要结偶、交配、孵卵。它们衔泥，筑新巢，补旧巢。

牛筋草盖了河滩。柳色掩映。孩童转着线轴，在河滩奔跑，开始放风筝。风筝用竹篾编骨架，糊着彩纸，有燕子形，有鹰形，有鸽子形，琳琅满目。孩童脱掉了棉衣棉裤，脱掉了鞋子，穿一身花衣在河滩跑，仰着头，边跑边欢呼。风筝飞得那么高，比柳树高，比空中的燕子高，高过了视线。风筝像一只鹞子，啪嘚，线断了，风筝飞过了田野，不知去向。

燕子在忙着叼食，育雏。时间追着它，像水追着河。天麻麻亮，燕子开始觅食了，从大门里，一天进出几十次。燕子叼着蛾、蚯蚓，喂给巢里的雏鸟吃。燕子飞进门，雏燕从巢里，探出头张开嘴唧唧叫。五六只雏燕，一起探出来，头一伸一缩。

燕子代表吉祥。燕巢是不可以捅的，燕子也是不可以捕的。老人们说，捅燕巢或捕燕子的人，会长满头瘌痢，遭所有人嫌。乡村都是瓦屋，瓦屋有厅堂。我家厅堂大，燕巢有五个。燕子的粪便经常掉到我衣服上。老屋是祖父年轻时修建的，有四个大开间一个大厅堂。我们一家人坐在厅堂吃饭，燕子在巢里喂食。我母亲说，等柳枝芽齐了，泥鳅产完卵，小燕子的羽毛全黑了，它们会回它们的老家，老家再远，它们也能飞过千山万壑，觅得自己的旧窝。

我还在女儿这个年龄时，除了上学，都在水沟里捉泥鳅。门口有一条水渠，直通饶北河，暴雨过后，把水渠上游堵死，把饭箕埋在水口，水弱下去，泥鳅边游边退，退进了饭箕里。一次，总能捉三两斤。阳春天，我们到稻田的入水口，垒一个小坝，把水放干，把一条条肚滚身圆的泥鳅扒拉进鱼篓。在艰难的日子里，泥鳅煮面条是非常丰盛的美食。年少，不懂母亲的苦楚，我常常抱怨母亲在春荒做的每一顿晚餐，白菜饭芋头饭，吃到烂嘴角。

事实上，我在乡间生活的时光较为短暂，十六岁后，一直在城里读书、工作，只是在春节前后回乡间走走。近几年，村里多了些楼房，瓦屋在消失，沿老街修建的，都是四层五层的小洋楼。我们的老屋也被几个哥哥拆了，建了三栋新房，前院的三棵大樟树砍了卖给木雕厂，后院的一棵桃树两棵枣树砍了当柴烧。饶北河右岸的农田大多荒废了，到了春天，油绿的杂草一片连着一片。新修的楼房里，只有老人和孩子。

父母年迈，我想以后只要有时间，要携妻子儿女，多回枫林村小住。对父母而言，这是一种温暖和慰藉。一个人，只有自己成为父母，才会理解父母。只是我年轻时不懂这些。这次假期，我答应陪女儿去水库钓鱼。母亲见了我，忙活着好菜好饭。我说，还是我来烧饭吧。母亲老了，走路是一步一步地移，蹲下身子在埠头洗菜，要好长时间才能把手够着水面。

有一段时间，即 1997—2004 年期间，饶北河流域很难得见到燕子，也很难得见到麻雀，不知是什么原因。观察物候的姜氏，很是失落，甚至有些惊慌，说："没有燕子，这个世道叫什么世道啊！"他家的燕巢挂满了蜘蛛网。村里人开始埋怨，田里用多了化肥农药，地里用多了杀虫剂，河里排多了硫化物。自 2005 年，燕子回来了，一年比一年多。它们闪着小细腰，穿行在雨里雾里，快乐地叫着。黄昏时，我们坐在院子里，喝茶说话，燕子站在电线上，十几只，几十只，上百只，站成一排，勾画出南方的肖像。

溽热的酷暑，早稻收割。此时，燕子少了很多。少了的燕子去了哪里呢？谁也不知道。少了的燕子，是雨燕。雨燕育雏两个月后，开始迁徙。它再也不会歇脚休憩，飞过大半个地球，去了遥远的非洲。

秋熟后，燕子越来越少了。燕子在饶北河流域，最后出现的一天，是什么时候呢？姜氏非常确定地说：秋社日。立秋后第五个戊日为秋社。从地里刨食的人，在这一天，杀三牲，祭祀土地神，感谢土地的恩典。上半年死去的人，这一天，要再次圆坟；远游的人，开始准备行李，打点行装，踏上返乡之路。

据说，燕子是恋旧巢的鸟，喜爱泥屋，一代代居住，一代代繁衍。看着细雨中斜飞的燕子，有说不出的美好。我不自觉地咏起宋代陈与义的《对酒》诗："是非衮衮书生老，岁月匆匆燕子回。"

燕子完成了对生命的承诺：适时而来，适时而去，所爱之处，皆为故乡。

## 雪映鸟舞

雪下了一天一夜，山峦田畴一片白。白菜叶上耸着雪，漏出一个个雪孔。桂竹倒向东边，斜压着。有三根竹子被雪压断了，发出清脆的声响：咕嚓嚓，咕嚓嚓，咕嚓嚓。村里人用长竹竿扒樟树梢，把雪扒下来。田野里，很少有人，偶尔见一两个挎着大扁篮的妇人，去菜地摘菜。水沟冒出水汽，白白萦萦。乡谚说，大雪好捕鸟，大雨好捉鱼。饿了两天，鸟会出来觅食。我换了一双高筒雨靴，头上裹了一条围巾，拿着一根雷竹棒，去了河岸。

严冬伊始，我去河岸十余次了，每次约走两公里。这一段河岸从滩头至丰收坝，虽不长，但有河滩，有四米多高的河堤，河堤外是宽阔的田野。河堤上有野生的樟树林，空阔处被人垦成了菜地，种玉米、芝麻、辣椒、芹菜、大蒜、白菜和萝卜。河滩有草皮滩、桂竹林，也有茂盛的茅荻丛。在最宽的河床中间，还有小草洲。草皮滩内有十几个水洼，水洼里生了藻荇。

这一带安静，吃食丰富，是鸟很喜爱的地方。几次去河边，我都有收获。观鸟，适合一个人去。走路，尽可能悄无声息，走几步歇一会儿，四处细细瞭望。鸟大多时候安静，尤其在觅食时。鸟也会站在树枝或躲在草丛里，一动不动。穿过两块稻田，下河堤，便是滩头。脚印陷下去，一行行，黄黄的，像飘落的黄树叶。滩头积雪更厚，没了鞋印。两棵乌绿绿的大樟树上，藏着两只卷尾和一只红嘴蓝鹊。

红嘴蓝鹊并不多见。但每年也能见几次。它筑巢在高高的竹林之上，栖息在山区的常绿阔叶林、次森林，以及村舍附近或河边林带。两年前，我还把红嘴蓝鹊当作花喜鹊。它的身形、叫声，和花喜鹊十分相似，尽管羽色、脚色、喙色，差异很大。喜鹊也生活在平原、丘陵等有林子的地方，食蝗虫等昆虫。在饶北河一带，有一种叫花喜鹊的鸟，长长的尾羽带有一圈圈白色斑纹，翅膀也带有白色斑纹，叫声和喜鹊一样，叽叽叽，十分喜庆。喜鹊有十个亚种，却没有一个亚种是尾羽带一圈圈白色斑纹的。花喜鹊是土名，学名叫什么，不得而知，只知道其和红嘴蓝鹊极相似。辨识出红嘴蓝鹊，是一次去一个叫烟坞的山坞，见到两只鸟沿着狭长的山谷飞，尾羽如水波滑动，边飞边叫。我站在涧水边岩石上，低低地说了一声，花喜鹊，花喜鹊，两只并排飞。和我一起上山的同伴说，不是花喜鹊，这对鸟，红腿红嘴头胸全黑。回到市里，我查资料，把拍下的照片和资料比对，才知道那是红嘴蓝鹊。它和喜鹊的区别是，红腿红喙，上体紫蓝灰色或淡蓝灰褐色，尾羽一环白一环黑，末尾灰白色斑，体形略长，身子略窄，呈纺锤形。饶北河一带，应该常见红嘴蓝鹊，或许是我很少留意它。

我往樟树上抛了一颗石子，打在树叶上，落下许多雪，沙沙沙。三只鸟，呼呼呼飞走了，往河对岸飞。红嘴蓝鹊没飞到对岸，落在了河中间一块三角形的石块上。雪没了它的脚，它翘起长尾巴，像舞台上的京剧花旦。在石块上，它抖着尾巴，歪翘着头，嘻叽叽嘻叽叽，发出舒缓的颤音。红嘴蓝鹊是小群活动的鸟，怎么只见一只呢？羸弱的河水不时漂下雪团，雪团撞到鹅卵石，碎了。对岸的枯柳，积下不多的雪。河堤下，是一条机耕道，雪大多融化，雪水结起了薄冰。人走过去，冰碎响，嚓嚓嚓。机耕道两边的芦苇，被雪压得趴下去。几只小苇莺在芦苇里唧唧叫，挣扎似的，飞起来。飞一次，芦苇沙啦沙啦响一下，雪粒落下去。

在河洲和机耕道之间，有一条水洼，水洼很浅，露出黑黑的裹着水苔的鹅卵石。在一棵柳树下，一只通身黑褐色羽毛、嘴尖浅黄色、脚黄青色细而长的鸟，在水洼里找食吃。它低着头，边走边找食物，机敏地快速啄食。哦，这是黑水鸡。这是我第一次在这条河，看到黑水鸡。

在水洼走了十余米，它突然加快了脚步，叽叽叽叽叽叽跳着走，走出水洼，走到洲边的一丛水菖蒲下，翘起了脖子。它可能察觉到了什么，四周望望，一动不动。没料想到，冬日在饶北河上游竟然还能看见黑水鸡。

饶北河常见的水鸟是鹭鸟、小鸊鷉。在二十年前，斑嘴鸭赤麻鸭也常见，现在很少见到了。偶尔有燕鸥，也只是迁徙时临时休憩。黑水鸡属于涉禽，长江以北为夏候鸟，长江以南大多为留鸟，属于鹤形目秧鸡科。同属秧鸡科的红胸田鸡、红脚田鸡、小田鸡，在河岸的田畈很常见，尤其在5月，稻子抽穗，小田鸡抖着嘴，嘚咯咯咯咯咯呜——嘚咯咯咯咯咯呜——，叫得人心里也一抖一抖的。而带有茅草或小树林的河流、水田、池塘、湖泊等地，是黑水鸡喜爱的栖息地，软体动物多，蝗虫、蜉蝣等昆虫丰富；草，尤其是菖蒲等草本植物茂密，柔软，非常适合它躲藏和营巢。

这一带，黑水鸡应该不会少，可是我一直没见到过。它有非常灵敏的听觉，十分机警。我暗自庆幸，我终于看见了它。浑身乌黑的黑水鸡，在白白的雪地，很是扎眼。

依着河床不同的弯度，建了不同弯度的河堤。在不同弯度之间交错处，河堤与河堤也交错，形成一个夹角，夹角成一个三角形，如畚斗。这里会形成一个无人问津的水塘，水塘被芦苇和藤本植物围了起来，人也无法进去。河堤的起始处，垒了高高垛状的石灰渣，以防洪水掏走石砌的泥浆。石灰渣垛长满了比人还高的茅荪和野刺梨。垛下，是一个无水的砂石洼，砂石洼乌黑黑，肮脏的黑。洼里的雪完全化了，成了阴湿的水洼。二十多只乌鸫在洼里吃食。一棵乌桕树，只有三片叶子，黄红相染。乌鸫灰扑扑，吃得安静，一点声响也没有。若不是眼尖，很难发现它们在这里。砂石洼连着裸露的河滩，河滩上一棵草也没有，凹凸不平的雪地下，显然是鹅卵石。我估计，这里是放鸭人投谷子喂鸭的地方。遗漏的谷子，正好成了乌鸫的食物。大雪之下，哪有比谷物更好的食物呢？

为了不打扰乌鸫，我放弃了沿河滩走，转而爬上石灰渣垛，茅荪太滑，几次差点摔下来。我一只手抓茅荪，一只手撑竹竿，才爬上去，上面是河堤的平面。我的衣裤上都是雪，还扎入几十个苍耳。我抖了抖衣裤，抖下雪。呼噜，一只大鸟从三米外的地里飞起来，摇着尾巴。尾巴太长，身子像中型的冬瓜，大鸟飞得十分吃力，好似肉身太沉。我慌忙跑到它起飞的地方——稀稀疏疏的辣椒地。辣椒早已干枯了，什么也没有，除了雪。河堤北侧是白白的田野，田野呈残月形，向山边包过去。

河堤上的樟树，不时有雪团落下来，那是风的缘故。我有些气馁。我不应该抖衣裤，把白颈长尾雉吓跑了。

这是一种较为稀少的鸡形目雉科鸟,但在饶北河一带却非常多。打鱼人阔嘴,一年捉十几只。辣椒地侧边,是畚斗状的夹角水塘,水塘冒出热气,一只死鸟漂在水面上,细看一下,是一只蓝矶鸫。

天又开始下小雪,风呼呼吹,吹落草尖上的雪。白野的世界苍茫雄浑。视野里,看不到一个人,也看不到山尖,山尖灰蒙蒙。我往另一条河堤返回,顺河而下。弯过水塘,我从一个豁口下去,便是一块芝麻地。芝麻地竖着齐膝的芝麻秆。穿过芝麻地,是一片荒芜了多年的花生地。

十多只红嘴蓝鹊和三只发冠卷尾,在一块空阔的雪地上吃食或低飞。这是一块堆沙子的空地,有三亩多,堆了十几年沙。前年开始,河沙不得开采,空地长出了牛筋草和地锦。空地中央一棵乌桕树和一棵冬青树,一直留着。空地离花生地,有十米之距,中间隔了一小片桂竹林。我一下子惊呆了。两只红嘴蓝鹊,在两棵树之间,飞腾嬉戏——在树枝上,站半分钟,又飞起来,尾巴翘起来,起伏如低缓的波浪——早先在滩头看到的那一只,只是暂时离群。它们飞得无比轻盈,张开的翅膀映着雪光，变得近乎浅白透明，像一把羽扇完全散开；次第而开的一根根翅羽，如白菊花瓣迎着秋阳；尾羽一环白一环黑，和银环蛇的蛇蜕差不多。雪稀稀地飘着，无声。鸟亦无声。

裹在头上的围巾，我摸了摸，有了浅浅的积雪。这是我第一次在大雪天出来观鸟。天冷，人都窝在屋里，烤着火，喝着茶。孩子在田里，堆着雪人，炭头嵌出眼睛，红萝卜嵌出鼻子嘴巴。零零星星的几只麻雀，站在屋檐下的晾衣竹竿上，唧唧喳喳叫。平日常见的鹡鸰、鸫鹆、雀鹏，不见了踪影。雪太厚，鸟难觅食。但越是人迹稀少之处，越有日常难以见到的鸟类出来活动。

下一只或一群，我们见到的，会是什么鸟？谁也无法知道。这是观鸟的最迷人之处。意外之美，可能随时发生，也可能几天无获。

鸟忍饥挨饿的时候，正是捕鸟的好时候。这是人的残忍之处。捕鸟人在雪地，扫一块空地出来，插一根细竹竿，用麻线拴着一头，往下拉，把另一根线头扣在踏门机关上。踏门机关撒上谷物，鸟便来啄食了，啄着啄着，脚踏上机关，竹竿弹直，把鸟吊了起来。鸟无论如何挣扎，也脱逃不了。捕鸟人还把大号可乐瓶的颈脖子切半开，在地里挖槽，埋瓶，撒谷物在瓶子里，鸟吃着吃着，钻进了瓶子，再也出不来。

孩子也捕鸟，一般是捉麻雀、山雀，用一个竹筛子，撑在阳台上，撒上饭粒或谷粒，一根麻绳拴在小木棍上。麻雀进了筛子，把麻绳一拉，筛子盖住了麻雀。这是谁都熟悉的游戏。麻雀在筛子里扑腾，孩子乐得拍掌欢呼。

雪天，捕鸟人开始动手了，找一个雉鸡常出没的地方，设置陷阱。捕鸟人背一个竹篓，握一把柴刀，扛一把铁铲，往河边或山边荒地去了。竹篓里有一个装着谷物或白米的矿泉水瓶，一卷麻线，一把筷子粗的竹签，一包一指宽的竹片，一把带小锤子的小锄头。捕鸟人避着人，走小路，去偏僻处。

捕鸟人去的地方，也是我去的地方，我一眼可以辨认出捕鸟人。四野茫茫，白雪皑皑，雪盖大地已有四天，鸟早已饥肠辘辘。早上，厨房的瓦屋才有炊烟，三只珠颈斑鸠来到了厨房门口的石榴树上，它们极有耐心地站着，趁厨房无人，飞进去，在笤箕上吃饭粒。笤箕的篾丝里夹了很多饭粒，屋主人通常把笤箕倒扣过来，拍几下，饭粒落给鸡吃。筲箕还没拍，珠颈斑鸠捡了一餐美食。为这餐美食，珠颈斑鸠冒了生命危险——筲箕里的饭粒有可能是诱饵，啄食时，门突然关上，它们再也逃不了。通常，珠颈斑鸠就是这样死在农户家里的。

沿着田畈，我徒步去一个七公里之外的片石厂。片石厂因噪音过大，建在远离人烟之地。片石厂已关停两年，长了很多野草灌木，不多的草籽，成了鸟在大雪时的度荒粮。

片石厂下，是一个大水塘，早年用于灌溉。而今塘下二十余亩山田，已荒废十余年，长满了茅莎、青葙、鬼针草、苍耳、野刺梨、茅莓、杠板归、紫穗稗。水塘还有半塘水，十多只小鸊鷉分为三群，在水塘里轻游。这个水塘，二十来年都没有干涸，泥螺河蚌十分丰富。一只白鹭，痴痴傻傻地站在塘泥上，嘎嘎嘎叫。塘里的水，是地下的泡泉涌上来的，冒着蒸腾的水汽。水塘四周的雪早已消融，矮灌木沙沙沙，嗦嗦嗦，不知是鸟，还是貛，躲在里面。在两个月前，水塘里，每天有上百只白鹭觅食。塘堤上，有两行小脚印，兽的脚印，还有十多粒丸子一样的兽粪，乌黑黑的。

片石厂炸开的山体，成了陡坡，峭石铺上了雪，部分裸露了出来，乌青色。看过去，裸露的山体一半白色一半乌青色。两只红腹锦鸡从峭石上飞下来，缓缓地，落在巨石上，又飞上去。这是一对红腹锦鸡。头戴金黄色丝状羽冠，缀有黑边的橙棕色扇状羽，像两条披肩，背上一抹浓绿，腹部深红色，黑褐色的尾羽缀饰桂黄色斑点。这是雄鸡。它像一条在河中游动的锦鲤，在缓缓走动。通身棕黄色、颏和喉白色的，是雌鸡，它在轻缓地飞滑。它们喜欢在有石壁的林地嬉戏。缓缓飞落，如雪中彩虹。

村里有人抓过红腹锦鸡，养了几日，又放了。金鸡报晓，红腹锦鸡就是金鸡，是鸟中凤凰，我有幸见过多次。第一次见，是在水库的堤坝上。堤坝有二十多米高，一级级台阶从坝底通往坝顶。我在水库钓鱼，蹲在地上穿饵食时，看见红腹锦鸡在坝面飞，起起落落。我怔怔地看着，它七彩的羽毛格外炫目，我再也没忘记它。它属于那种见了一次再也不会忘记的鸟。世界上有这样的鸟，正如世界上有这样的人。遇见这样的人，叫命运；遇见这样的鸟，叫福报。

我从塘堤上退了下来，弯过一个矮小的山冈，去了葡萄种植园。

葡萄园荒落，葡萄藤弯弯扭扭。我走了半圈，不想走了。我突然感觉索然无味，脑海里，不断地闪现红腹锦鸡飞起来的样子。人还是属于想象力匮乏的物种，无论我们如何幻想，对美的想象都无法超越大自然本身。我一直难以理解约翰·巴勒斯为什么后半生不离开卡茨基尔山区，种地、写作、观察自然，如山中湖泊般寂寞，现在，我理解了——他穷其一生，去记录无法想象的自然之美，他的生命里，有鸟鸣的旋律、山溪的呼应、森林的静谧。

非正常的天气里，如暴雨、台风、大雪，也常常伴随自然界的奇异之美。那种美，是瞬间的，不可重现的，也是无可描绘的，因为任何艺术与之相较，皆逊色且缺乏生机。为了遇见这样的美，我们忍受再多的苦楚，也是值得的。

## 福山寻鸟

在谢家滩镇福山，第一天晚上，烧饭的老徐对我说："候岗那边演黄梅戏，你可以去看看。"

"去演戏的地方，得走多远啊？"

"最多两里地，走走就到了。"老徐晃着右手空空的衣袖说，"戏好看，看戏的人可多了。"

夜色还没降下来，四野灰白白，青黄色的丘陵像一块块烤熟了的葱油饼。我沿着寂寞的乡村公路往候岗走。晚风凉飕飕，像河面翻上来的水浪。鄱阳人爱看戏，各村每年都会请戏班来唱戏。戏班唱的戏有饶河戏、赣剧、黄梅戏、婺戏。有本地戏班，也有外地戏班，都是小戏班、土戏班，忙时种田，闲时唱戏。

乡村公路在丘陵间绕来绕去，泛着幽蓝色的光。丘陵很矮，斜坡却多，缓缓的，幽光轻泻，如一条黑暗中的河流。田野萧然，并不开阔，被两座山丘收紧。最后一团燃尽的火烧云，慢慢散开，如火炉上冒出来的乌烟。五只喜鹊从田野边的白杨树林，低低地，往山边的灌木林飞，嘻切切，嘻切切，叫得轻松悠然。哦，我好几年没看过喜鹊了。我一下子高兴起来。喜鹊以一字纵队，掠过公路，翅膀一沉一浮地扇着。我嘘嘘嘘地吹起了短促的低音口哨，像马上可以见到心上人一样愉快。

一直在缓坡上往上走。老徐说，上了缓坡，下一个坡，便到了演戏的村子。寂寞的乡村公路，偶尔有电瓶车经过，车灯一闪一闪。有的山丘，长着稀稀的茅草；有的山丘，则是一片墨绿的杉林；有的山丘，又是褐黄色夹杂着血红色的灌木林。上了坡，看见坡下村舍的灯光依稀透过树林，显得迷蒙而遥远——人间是那么不真实，呈现出幻境。"啊，啊，啊"，这是夜鹰在叫，叫得我心里发毛。我加快了步伐。走到村子，走了足足三刻钟，我估摸算了一下，至少走了三公里。

福山的地貌虽是丘陵，林相却不同，是个观鸟的好地方，我心里想。戏是《乌金记》，我看了十多分钟，便离场了——我第二天得早起，深入无人的山丘去看鸟。

鄱阳去安徽东至的公路，把福山一切为二。我去公路以南的丘陵。小山丘之间，有宽阔的黄土路，路两边是漆树、构树、刚竹、链珠藤和因脱水而即将死去的油松。一个弯道的斜坡上，是几处坟茔，其中一个坟茔，插了花圈和旌纸，坟前摆了碗和几个苹果。因为缩水，苹果皱巴巴，像老太太扁塌的额头。链珠藤干硬的枝条上有几颗果实，青皮壳，外壳皮有一圈乳晕一样的皮纹。三只红胁绣眼鸟在链珠藤上翘着尾巴，欢快地叫着，啄着藤果。事实上，我刚刚上斜坡，便听见了它特有的叫声，只是不知道它躲在哪儿。它叫得轻曼婉转，唱口清晰；它叫得热闹而热切，仿佛随时都处于幸福的欢爱状态。在这丛低矮的杂木林里，我一眼认出了它，白眼圈，两胁栗红色，上体黄绿色，下体白绿色。在矮山丘，在田野边的灌木林，在水库或湖泊边的杂木林，红胁绣眼鸟如树莺一样常见。作为生活在丘陵地带的南方人，因为红胁绣眼鸟过于常见，所以忽略了它们动人美妙的叫声，而仅仅被它们黄绿色的羽毛所吸引：在朴素的小巧鸣禽中，红胁绣眼鸟有着一种山野清雅的高贵之气，而它的白眼圈像舞台小丑的妆容，以至于看起来，多多少少显得滑稽。它是出色的飞行者——当然，并不是说它飞得像云雀一样高，或者像雨燕一样穿万里云千里雾，恰恰相反，它飞得很低，大多时候，低于树梢，飞的距离也仅仅从这棵树到另一棵树，但它可以在荆棘、灌木、树丫等障碍物之间，旁若无物地飞行。它的灵巧，甚少有其他鸟类，可与之相比。

红胁绣眼鸟体形小巧，毛色鲜艳，有着与红嘴相思鸟一样优美的歌喉，因而被人捕捉豢养，成为笼中快乐的囚徒。它是少有的会在笼中对唱的鸟——并不是专注情，而是专注于声乐表演，它的珍贵之处也在于此。只要有它们在，山林从来不会寂寞。红胁绣眼鸟从链珠藤飞走时，急切地叫几声，其他树上的鸟，呼噜噜，也一起飞向唯一一棵高大的樟树——樟树成了鸟的庇护所，作为一个草木茂盛的矮山冈，有一棵高大的树，多么有必要且必需——高大的树在无形之中，成了鸟的"庙宇"。

其实这个矮山冈，徒步十分钟可以走一圈。野麻和鬼针草在相对空阔的地方，挤挨着生长。因是深秋，野麻和鬼针草已枯死，茎秆生脆易断。鬼针草的花球结了黑黑的草籽。杠板归的叶子已经霜黄了，油青的小小的浆果，一串串，小山雀站在地上，翘着头，吃浆果。

一条水渠，从南向北，通往福山的田畴。水渠有四到五米宽，五到六米深，人工开掘。可能长时间未降雨，上游水库补充不了水，水渠已完全干涸，像一条蜕皮的蟒蛇，卧在山丘之间。站在水渠上的桥上，可以看见四周的山坳、山丘、田野、菜地——这里是最高处，但相对海拔也只有四十余米。一个骑电瓶车的中年妇人，有些矮小，偏瘦，头发用一条红布扎起来。见我是个陌生的外地人，对我说："你一个人来到山上干什么？这里空气好，多走走。"

"你骑个车干什么？"我说。

"采草药，这一带有草药，很多人在前面树林里采药。"

"采什么草药？"

"我叫不来名字，只会采。每天有人来收草药。"妇人骑着车下坡，往右拐入一片杉树林。我循着电瓶车没入的树林往一个畚斗形的山坳走去。深秋的丘陵，万物

200

是萧瑟的枯黄色。空气却清新，路边草叶还悬着晶莹的露水。露水是另一种雨，滋润草木。菝葜金黄，圆圆的，黄得透明，似乎里面的浆水随时会淌出来，果皮像豆蔻少女的脸颊，但它的叶子已大部分凋谢，挂在枝丫上的也半枯半青。一个半干的山塘，大半部分被水草占领。刚刚干下去不久的地方，生长着密密的谷精草。谷精草干白，结出小白球一样的草籽。每一根谷精草，像一根金针菇。一只白喉红臀鹎站在一块石头上，叫得很是悦耳，山塘右侧的灌木林，有相同的呼应声。白喉红臀鹎一般三两只成群，松散地出没，也不远飞，在树与树之间，像顽皮孩子一样做游戏。

在丘陵地带，在低海拔的山间，白喉红臀鹎是常见的留鸟。但也只在湖南、湖北、安徽、江西、福建、浙西北等地常见。它喜欢在沟谷、林缘、小块丛林生活，5—7月繁殖，通常一窝两到三枚卵。它有一个非常乡土的别名：黑头公。它和白头翁可真是一对堂兄弟，一黑一白，在山野的堂前，与苍山俱老，多有意思。它和白头翁一样，额至头顶上的羽毛会耸起，形成尖垛形的一撮，像一个小凤冠。在鹎科鸟中，大多数鸟，并不惧怕人，甚至活跃于人所生活或劳动的场所，吃昆虫、虫卵、浆果、草籽，营巢于灌木丛或小树上，傍晚群栖，早晨分散。这和乡村的农民生活差不多，早出晚归，聚于一盏灯下。白喉红臀鹎善于引吭高歌，鸣声嘹亮，清脆动人，像个游走四方的乡村歌手。它不像麻雀，叫得叽叽喳喳，没有节奏，让人心烦。

山塘的干泥，被晒得龟裂，一块一块，呈不规则的圆形或椭圆形。裂出的泥纹如乌桕树皮。一片八哥的羽毛，粘在泥里。福山一带，很多八哥，在鄱阳湖平原及丘陵地带，八哥的数量惊人。公路边有一块半个篮球场大的晒谷场，晒了新收的稻谷。晌午开始，约四十只八哥散落在晒谷场，和鸡一起吃谷子。麻雀和斑文鸟也来吃。麻雀和斑文鸟从早上一直吃到傍晚，似乎永远也吃不饱，似乎饿慌了。八哥却不，晌午开始吃，吃三个多小时，便不吃了。八哥不怕人，也不怕车。我们站在晒谷场，八哥在两三米外的地方吃。我挥挥手，八哥咯啦咯啦跳几下，拍起翅膀，飞到屋檐上，要不了一支烟的工夫，又来吃。它还去公路吃食，车子开过来，它啪嗒啪嗒跳到路边，车子走了，它又回过身来吃。八哥是害怕孤独的鸟，喜欢叫，喜欢模仿别的鸟叫，喜欢大群一起觅食。它觅食的时间很短，大部分时间用于表演，站在电线上，站在树枝上，站在瓦檐上，一群群，唱着相同调儿的乡村牧曲。八哥是最受宠爱的笼养鸟之一，我却并不喜欢它，无论是它的羽色还是鸣声，既土气又花哨，甚至肮脏——它不爱洗澡，羽毛常常落满灰尘。

山塘是鸟及其他动物喝水的地方。我看到了兽迹——四个兽的脚印。河蚌和螺蛳的空壳，还陷在泥里，有些灰白。

收了的芝麻秆，被扎成一小捆一小捆，竖起来靠拢，堆成垛。久旱未雨，很多芝麻灌不了浆便死了。十几只白喉林鹟落在芝麻垛上啄食。它们过于机警，我还没到芝麻地，它们便飞走了。

我转过一个山坳，有一个小型水库出现在眼前。施工车在取土，挖出的刚竹根堆得高高的。我穿过一个树林，往南边走，几个妇人拎着圆篮在采草药。草药生在岩石上，我看了一下，原来是一种叫六月雪的植物。丘陵上有很多岩石，岩石上长着地衣。岩石四周有茂密的茅草，随风逐浪，草花白茫茫。我知道，这样的地方，野鸡多，兔子多。我问其中的一个妇人：大嫂，这座山，叫什么名字啊。

答：王金山。

"山下自然村，大部分人姓王吗?"

"没一户人家姓王。开村的人姓王，传了几代人，灭了姓。山名留了下来。"

林子里有很多老墓地。不知道姓王的，有几处。

相较于公路以南的丘陵，以北的丘陵更庞大一些，更延绵，海拔也更高，灌木林更密匝，也有如枫树、冬青、栾树等乔木。一个叫年丰方辽的自然村，守在山口。穿过一块十余亩大的原始密林，丘陵在山垄两边排开，像两列奔跑的火车，向北而去。黄土被碾压出来的机耕道，笔直，可以看出山垄的纵深。机耕道两边是半人高的茅草、鬼针草、蒿草、艾草。它们都已枯萎。稻田一块块，像方格子，大部分秋稻已收割。丘陵上，有青釉色的灌木林，不多的乌桕和枫树，金色的霞色的树叶在轻轻飘摇。红嘴相思鸟三五只一群，从萝卜田里飞起来，吱吱吱叫，落在一棵栾树上。秋色静美，斑斓绚丽如俄罗斯的森林油画。红嘴相思鸟在栾树上站了几分钟，欢快地叫着，接着愉快地觅食去了。它叫得短促细弱，颤音却有洪亮的余韵。

在一处原始的树林入口处（一条很窄的林中小路），一对灰喜鹊哗啦哗啦投林。树林一下子喧闹了起来，生动了起来。像湖泊里突然有大鱼拱出水面，扑腾起大水花。在赣东北，已很少有灰喜鹊、乌鸦，十来年了，我也没再见它们。不知道为什么，它们突然不见了。它们均属鸦科鸟，均为留鸟。灰喜鹊浅蓝色的翅羽，少有的华美，有田园诗人的贵族之气。它们成对生活，出没于村庄、低地山林，在高大的树木上营巢，吃瓜果、谷物，也吃蝽象、金针虫、金龟甲、螟蛾、枯叶蛾、胡蜂、花蝇等昆虫以及昆虫幼虫。灰喜鹊的叫声如两片铜钹相击，"嘻，叽叽"给人欢庆之感。乌鸦的叫声却让人毛骨悚然，"呜呀儿，呜呀儿"，如死亡来临之前的尖叫。它浑身乌黑的羽毛，像死神穿起来的袍服。乌鸦又叫老鸹，嘴大爱叫，和灰喜鹊一样杂食，但它爱食腐肉。它刚硬如铁钩的喙，显示出它凶悍暴虐的性格，常掠夺水禽、涉禽的卵和雏鸟。乌鸦是集群性很强的鸟，最大鸟群可达上万只，遮天蔽日，乌黑黑一片。

山林日益茂密，林鸟越来越丰富，喜鹊和乌鸦为什么会大量减少，甚至不见踪影？我找不到答案。

在福山，我却两次看见喜鹊，这让我喜不自胜。

机耕道约一公里之深处，山势更平缓了，但山上已无林木，茅草丛生。有一处山体，被人开垦，种上了脐橙，十几个中年妇人和五六个老人在给果树浇水。我问一个浇水的老人：这些山，怎么没有树了呢。老人说，十几年前，有人承包了连片的山，树木伐光了，种上了泡桐，可山过于贫瘠，又缺水，泡桐长不起来，其他树也没长起来。

真是让人惋惜，好好的山林被砍了，林鸟少了栖息地。让人觉得不可理喻的是，田畈街镇的大片山林，在2019年秋季，被人大量砍伐，上千亩的山裸露了。杉木、松木、香樟、青冈栎、苦槠，被锯成五米长的一截，被农用车拉走。其他少数乡镇也有类似情况发生。鄱阳是以平原为主的湖区县，森林特别可贵，他们怎么不去珍惜呢？

在果林之下，有一座水库，已半干。水库里放养了千余只胡鸭。鸭子叫得躁人。水库的坝上，有十几只鸟在嬉戏，不吃食，跳来跳去。我看不清是什么鸟。我走上水坝时，鸟呼呼飞走了，闪着腰身斜飞。原来是一群虎纹伯劳。突然，我在水闸口的石板上，发现了两双眼睛，发出闪烁不定的蓝光。我趴在地上，一丛芭茅遮住我的身子。我的心怦怦地跳——两只野山猫，在石板上吃东西。我不知道它们吃什么，是吃老鼠，还是吃鱼。这是我第二次在野外看见野山猫。

它们乌黑的毛，油亮。它们的眼神，很锐利，如刀锋，透出宝蓝色略带金色的光。我不知道野山猫是怎么发现我的，可能是我身上散发出的气息，也可能是我的呼吸，被它们感觉到了。它们溜进了密匝的树林。野山猫是灵敏的超级杀手，善于埋伏，善于攀爬和快速跑，捕食鸟、老鼠、鱼、兔子、蜥蜴、蛙。我看了看石板，上面有十几片羽毛。我也看不出是什么鸟的羽毛。

这时，我才发现，这座山丘的树林，密得无法让人容身。刚竹和直条条的灌木、藤条，把山体箍桶一样，箍得紧紧的。树的缝隙仅供树、竹、藤生长。山丘往西北延伸约两公里，没入一片田野。我试图掰开树木钻进去，试了几次，都失败了。福山一带的丘陵，最大的秘

207

密，隐藏在这座叫花生地的山林里。

水库右边是一栋长条形的简易房，房前是开挖了的山体，有一个足球场那般大，浇筑成水泥地。在水泥地和机耕道之间的斜坡上，堆了很多颗粒状、丝状的垃圾。这里在几年前，被人建了黑工厂，从金属垃圾中提取电解铜。黑工厂污染太重，年丰方辽村的人受不了重金属污染，把老板赶走了。老板走了，金属垃圾却没有深度填埋，裸裸地堆在山边。大地之痛，只有人中毒了，才会感觉到。也或许，人早知道大地之痛，但麻木了，或者，个体的人已完全无能为力。废弃工厂的侧边山坳，是一个新修葺的陵园，蜀柏矮矮但油青，暂时还没人安葬于此。陵园是空的，静静等待人把它填满，一个月一个月地填，一年又一年地填。

水坝底下，是一片荒废的山田。稀疏的苇草、灯芯草，一半倒伏，一半迎风；红蓼花艳艳的，吐出洁净之气。沿干涸的水沟而下，是一片番薯地。松鸦在一棵梓树上，啊唧唧——啊唧唧——，它的尾音有些恐怖，像胡鸭垂死时的惨叫。其实，我在二十米外，就发现它了。它翅上辉亮醒目的黑白蓝三色横斑，是它最美丽的标识。

它习惯生活在低地森林，营巢于山中溪流和河岸附近的针叶林、针阔混交林。它是鸟中的松鼠，有储藏粮食的习性。我数了数，梓树上，共有五只松鸦。

在水沟边的矮灌木里，应该有许多鸟巢，山雀、雀鹛、红喉姬鹟等鸟，喜欢在矮灌木里营巢。但我沿水沟找了将近一公里，也没找到一个鸟巢，哪怕是弃巢。

在一个叫杨梅岭的山丘，遇见一个开电瓶车的老人。我走得有些疲倦，想歇歇脚。我散了一支烟给老人，问："你开电瓶车干什么呢？"他看看我，捏着烟屁股，点了火，说："两袋鸡屎晒干了，埋到大蒜地里去。"

他开着慢车，我徒步，一起去他的大蒜地。大蒜地盖了厚厚的茅草，蒜叶稀稀地从茅草里钻上来。"白露后，种大蒜种香葱，打萝卜秧，打油菜秧。"老人说。

"大蒜炒咸肉，放一半的青椒丝炒，很好吃。"我说。

我和他坐在田埂上，屁股下垫上稻草。老人说："这三块大水田，都是我的田。我自己种，自己割，收三千多斤粮食。边上的菜地种上了，一家人吃不完。"

"你高寿？还自己割稻子，太辛苦了。现在都机器收割。"

"我今年七十岁了。自己割，省了收割的钱。机器割得花一千多呢。我还养了牛，你看看，牛在那边田里吃草。我还种了黄豆黑豆绿豆。我卖豆子，卖了一千多块钱呢。"

"你一点也不显老，看起来，最多六十岁。你身体结实，脸上还没皱纹。"

"我餐餐喝二两白酒，桑葚酒、野刺梨酒，我都有。酒是个好东西，喝了酒，干活不累。干活好，不干活就不像个人了。我种的菜蔬粮食，够几家人吃。"

"你种的黄豆，是大颗粒还是小颗粒？自己育种吗？"

"种，肯定自己育。小颗粒黄豆，老黄豆。黑豆也是自己育种，多卖五毛钱一斤。城里人爱喝黑豆浆。"老人笑了起来，露出满口整齐洁白的牙齿。

"我等下去你家，向你讨五颗黄豆，五颗黑豆。"

"你育种吗？我给你一斤，五颗，拿去能干什么。"

"我不育种，放在手里摸摸，很舒服。"我说。在田埂上，说了十几分钟的话。我觉得这个下午，真是没有虚度，觉得这片山野，比想象中更吸引我。天灰白白的，阳光也灰白白的，檵木叶泛出艳红。

在年丰方辽村前的田野、灌木林、溪边，我已经走了几次。村里每一棵高大的树，我也看了。我发现，站在电线上的鸟，以山椒鸟科的鸟为多，如灰山椒鸟、小灰山椒鸟。灰喉山椒鸟则栖息在菜地边的杉木林和灌木林里。黑卷尾也很多，三五只，窝在收割后的稻田里，大吃蚱蜢、甲虫、蜻蜓、瓢虫、蝼蛄——严冬来临之前，大地给了它最后丰盛的晚餐。

　　霜降来临，苦楝树和栀子金黄，开了花的刚竹已死去。这是四季的轮转。有的鸟迁徙万里，有的鸟固守一方。它们有着和我们一样的一生。

夕归的鸟儿一群群，从船上飞过，驮着最后一缕明亮的天光。
夕阳最后下沉，如一块烧红的圆铁，淬入湖水，冒出水蒸气。

当稻子已收割，田野尚未变得萧瑟，稻草人一个个站在田中央，
野菊在田边开出金色花，竹鸡从山冈，摇着身子来到田里找谷粒吃。

有人，有鸟，岛便不会荒老。这是一个人与一座孤岛的盟约。
鲅鱼，像是岛上唯一的孤鸟。

在茫茫草洲，一老一少，一高一矮，天地之间，他们显得无比亲密。

## 峡谷观鸟见闻

　　鸟的一生，是为了赶赴蓝天对它的邀请。蓝天，在我眼里，是圆拱形，海平面一样盖下来。其实蓝天无边无际，透明而深邃。山峦是沉在海底的几粒微小石头。鸟在蓝天下飞翔，它用柔美的羽毛，抚慰自己的旅程。它凌空播撒的鸣叫，如阵雨酥酥的水珠。戴翠的山冈，以葱郁的树林迎接它，以流泉飞瀑为它优美的翔姿欢呼，以灌满了糖浆的野果等待它短暂的停留。我们卑微的头，因为它的盘旋，而高仰起来——鹰在山尖，像一个神，穿着黑色的羽衣，用呜啊呜啊的啼叫，歌颂蓝天的纯粹，歌颂万物的家园。

　　当我走在峡谷，沿山峰而下，松树与杉树斜披下来，缓缓如春雨缥缈，灌木和芒草茂盛，秋日金色的野花缀满了荒地，我被一只从山巅盘旋而下的松雀鹰吸引。这是一个无名的山谷，有弯曲而美妙的纵深，山峦连着山峦，如草垛毗邻着草垛。每一个山峦呈圆锥形，山峦和山峦之间有深深的山坳，往上收缩，形成塔状尖峰。

尖峰与尖峰之间，有肩膀一样的曲线山脊。山脊线，是最美的线条之一。地平线是大地莅临在我们眼前的背影，地平线是没有尽头的，因我们有限度的视觉而存在，诱惑着我们走向不可知的远方，尤其在平原地带，地平线随着我们的脚步向前推移。远方永远存在，远方永远无尽，远方永远无法踏足。地平线带来了远方，使我们有了梦想和呼喊。山脊线却是实际的存在。它具体而生动，它的每一个线点，都是顶峰。顶峰之上，是空阔的天，空得不能再空的天。所谓天空，就是一无所有的所有，也是所有的一无所有，是无限的遐想和叩问，是翅膀展开的高处。作为物质堆积的人，我们所谓的理想，无非是把双臂幻象成翅膀，让肠胃缩小如豆大的囊袋，肺变作气囊，舌头退化得更小更尖，皮肤长出柔顺的羽毛，减去沉重肉身的羁绊，凭借空气的浮力，完成我们一生的旅程。那样的旅程，将是生命的终极意义。

山脊线是横在大地上最高的线，它与天际线相接，或者说，它等于天际线。当我们站在峡谷里，山脊线给了我们勇气，让我们去攀登高山的巅峰。登上了山脊，我们发现，天际线是虚拟的，是我们对天空最低处的一种命名。我们唯一可以看到的是，鸟与各种形态的云。我们看不见太阳，我们只是看见了太阳喷发的光。

松雀鹰在气流里飘游，像浮在天空里的一小叶悬帆，棕红色的羽横斑，透出粉白色的秋光。松雀鹰是小型猛禽，在这一带很常见，尤其爱在晴朗的天气，沿着峡谷山林巡视。它的叫声并不洪亮，不像岩鹰鸣叫那样，在数百米之外清晰可闻。甚至可以说，它轻柔的啼叫，和它凶残的个性完全相反，像在大山的闺房里，低低呢喃。

峡谷在郑坊盆地的西北边，峡谷口以扇形敞开，慢慢收拢，山逶迤如游动的带鱼。山尖上的针叶林墨绿色，披着秋日阳光特有的银灰色。山腰，因为盗伐，林地变成了赭黄色的荒地。荒地上的落叶尚未完全腐烂，针叶堆得太厚，不多的杠板归、山毛榉、野刺梨和荨麻，使得秋色更加浓厚。红喉鹩在这一带活动。一览无余的山地，鸟在吃松材线虫和浆果。松雀鹰一个俯冲下去，铁钩一样的爪刺入红喉鹨的胸，飞入松林，站在枝条上，大快朵颐。松雀鹰用刚硬的爪，把红喉鹨压住，扣在枝条上，铁环一样扣得死死的。它以喙拔食物的羽毛，吃裸露出来的肉，吃一口，甩一下喙，警惕的目光扫射四周。

松雀鹰多以麻雀、山雀、鹪鹩、鹟鸟等小鸟为食，也捕食竹鸡、布谷等体形较大的鸟，以及山鼠、田鸡、蜥蜴、蛇。松雀鹰在饥饿却无处觅食时，也捕食家禽。在晒谷场，鸡在偷吃谷子，不停地啄。突然，鸡惊吓得跳起来，咯咯咯，叫得慌乱无措。但已经来不及了，危在旦夕，命悬一线——倒钩一样的利爪，从它翅膀下，插了进去，气管被螺丝刀一样的东西抽了出来——松雀鹰在空中觇觎多时，射电一样的鹰眼死死盯住了吃谷子的鸡群，落单的鸡，被它拽离地面，闪电般离去。它甚至摸进鸡笼，把鸡压在利爪下，啄食分尸。它像个幽灵，来无踪去无影。它是个天生的杀手，无肉不欢，残忍无度。乡人称它"雀贼"。

这恰恰是它的迷人之处。它高超的必杀技，是自然之神伟大的安排。它像个分配果实的人，不允许某一个果盘盛得特别满。松雀鹰始终藏着一把死亡之刀，它让死亡变得扑朔迷离，让生者无法预料死亡在什么时间来临，从哪个地方来临。它甚至掠进树林，追逐红嘴山鸦、小灰山椒鸟、珠颈斑鸠、小鳞胸鹪鹛、鹌鹑、厚嘴苇莺，把猎物逼向无处躲藏的天空，捕杀猎物，而猎物毫无反击之力。猎物有时躲进树林，被松雀鹰扼杀在枝丫间，拔毛，啄肉。死亡在它的猎杀下，变得不再神秘，更像是一种诡异的自然游戏。

峡谷并不长，约两千米深，坡度较小，单程徒步四十分钟，可走完全程。半程之处，有一个逼仄内凹如南瓜的地形，在五十年前修建了一座小水库。我们常去水库钓鱼、游泳和野炊。水库库尾右边山梁，在半山腰处，有一块巨大的青黑色岩石。岩石无草本木本植物生长，平坦如桌。春夏季节，苔藓和网状的地衣，让岩石青黝如蓝。秋冬季节，岩石干燥，地衣如灰，成了麻褐色。松雀鹰常常在这里吃食。有一次，我提着竹篮摘野刺梨，见松雀鹰从水库的堤坝上，捕杀一只正在吃食的双斑绿柳莺。它掠过水面时，几只小鹈鹕，慌乱地钻入水里。

水库，虽然只有二十余亩，却使得来到峡谷的鸟类，

221

变得更加丰富和多样——不只是林鸟，还有少量的水鸟，会适时到来，如白翅浮鸥。"向老江湖双病眼，此身天地一浮鸥。"（宋·吴则礼《寄魏道辅》）浮鸥飘忽不定，如人生逐浪。浮鸥是水鸟，以开阔内流河、湖泊为栖息地，群居生活，低空飞行，以小鱼小虾以及昆虫为主要食物。或许是饶北河已羸弱，水浅，鱼虾不多，它来到了水库。

水库静谧，冬暖夏凉，是小鸊鷉的天堂。我们站在堤坝上，可以看见三五成群的小鸊鷉，浮在水面，毛茸茸一团。水库边有茂密的山蕨和低矮的油茶林。山蕨和油茶花，吸引了捕食昆虫的小鸟，如红胸啄花鸟、山麻雀、山鹡鸰、黑头蜡嘴雀、三道眉草鹀等。

在水库坐一个上午，可以看见很多鸟在油茶林里嬉戏。太阳从右边的山梁，慢慢照下来，橘黄色的光线被浆水漂洗了一般。地面暖和起来，秋露消散，山野变得凝重，鸟陆陆续续飞出来，戏于枝头。秋实到来，峡谷的林色已绚烂斑斓。尚未成林的枫香树散在茅草间生长，黄红相染的树叶格外夺目。芦花黄雀愈飞愈高，一只比一只飞得高，叽，叽，叽，叫得欢快愉悦。

我们生活在匆忙又繁杂的城市，我们习惯了在鸟笼一样的公寓里生活。我们常常觉得无处可去，即使有假期，我们选择去遥远的景区，看山看水，其实山也看不到，水也看不到，只看到一片乌黑黑的人头和密密麻麻的脚后跟。我们可以去乡野，去一个平常的峡谷，去一块有树林的河滩，去一个哪怕茅草丛生的山林，去一个巴掌大的洲心岛，我们会有很多发现，那么迷人，让人心醉。这些地方，是鸟类的乐园。

　　这条峡谷，最大的迷人之处，是随处可以听见鸟叫声。山坳口有一块草泽地，蛙鸣如鼓，蜻蜓飞舞。红胸田鸡是有特别叫声的鸟，似乎它的鸣叫，不是靠舌尖发音，而是靠发声器——鸣管的震颤：嚯儿，嚯儿，嚯儿，嚯儿，嘚吁嘚吁，嘚吁嘚吁。它的叫声非常美妙，发音速度快，且越来越快，长长的滑音细听之下，才会发现每个音节都是颤音。百舌鸟也难以模仿它的叫声。红胸田鸡并不多见，属于小型涉禽，栖息于河边、湖边、水田、草泽地。它生性胆怯，喜独行，常藏在草窝或灌木林下。走过这条偏僻峡谷的人里，我可能是唯一能听出红胸田鸡叫声的人——乡民以生计为责，才不管是什么鸟在叫呢。他们进峡谷，伐木、挖地、割芭茅、摘油茶。我是唯一的闲人。

有一种鸟叫，在山谷里常常听见，嘟嘟嘟嘟嘟，像两块竹板相互击打的声响，十分洪亮，至少可以传五百米。我父亲说，那是啄木鸟在啄木。我笑了。那么响，不是啄木，是锯木了。我听得出，这是上下两片厚喙，磕碰出来的声音。

半个月前，我用可乐瓶，装了一瓶米带到峡谷去。在几个山坳里的树下空地，我撒一把米，遮上稀疏的干茅草。在一个叫茅坞的山坳，小溪边的乌桕树下，我发现，茅草下的米，被吃得干干净净。在塘边一块黄豆地，米放了五天，也没被吃。在一块岩石下的山泉边，有一棵板栗树下的米当天下午被吃光了。鸡形目的鸟，如环颈雉、竹鸡等，有扒食的习惯：一边抓扒地面，一边啄食。鸡形目的鸟，多为走禽，体形较大者为鸡，体形较小者为鹑。它们身体结实，喙短，呈圆锥形，适于啄食植物种子；翼短圆，不善飞；脚强健，具锐爪，善于行走和掘地寻食。雄鸟具有大的肉冠和美丽的羽毛。因它们善于在地面奔跑，又被称为陆禽。它们有些体态健美，色彩艳丽。我在干茅草下撒米，就知道哪些山坳有走禽。

一块荒地的地头，有一棵七八米高的柿子树，枝叶繁茂。我去树下，发现有几片翅羽，半边黑半边白，黑如墨汁，白如春雪。我也不知道这是什么鸟的羽毛，为什么会落在地上。我看看树上，有碗大的两个干草窝。这可能是灰树鹊的巢。我在树下撒米，遮上干茅草，我每天去查看，去了七天，米也没有被吃。

在水库坝底，有一块芦苇地，原先是番薯地，因前几年春季雨量过于充沛，去水库的坡道上，冲刷了大量的石块下来，把番薯地埋了，长了几年的芦苇，很是茂盛。我几次听到"唧啾，唧啾"的叫声，我下去了。一只灰山椒鸟在芦苇里，灰扑扑地躲着，飞来飞去。它的翅上有两条斜斜的白翼斑，外侧尾羽前端白色。它虽谈不上神秘，但也较鲜见。它生活在河岸树林、林缘次生林，主要以昆虫和虫卵为食。它很少来到村里，即使来了，它也只是站在高大乔木上俯瞰"人间"。它是一种十分低调的鸟，叫声略显羞涩，始终保持着"乡野之神"的风度翩翩。

与它行事相反的近亲——灰喉山椒鸟在峡谷里，显得分外炫眼夺目。灰喉山椒鸟美得夸张，却十分得体和谐，让人见了一眼，再也不会忘记它。它是多彩之鸟，腹部鲜黄，翼缘和翼下覆羽深黄，全身以灰色、暗灰色、烟黑色为主色调，下背橄榄绿，腰和尾上覆羽橄榄黄，多以栎树为营巢之树。它叫起来，高傲得连嘴巴也不愿张开。它叫得很娇媚，也叫得很顽皮，在"叽喊耶，叽喊耶，叽喊耶"和"嘻嘻噱，嘻嘻噱"之间婉转转换。我们在峡谷里，确实很难见到它，偶尔在洞谷，看见它在栎树上，梳洗羽毛，长算子一样的尾巴翘得高高的，神气活现。

继续往水库北边的深处走，有一片山坡松树林。松树林里有一个石煤洞。曾有人在峡谷里烧石灰，从石煤洞里打石煤作燃料。石灰厂有上百年的历史，在 20 世纪 40 年代，石灰厂停了，被人垦成番薯地。番薯地已二十余年，无人种了，长了芭茅和灌木、野藤。石煤洞再也无人进去，它到底有多深，我这一代人，无从知晓。

在人类废弃的地方，哪怕黑不见五指，荒凉如地下岩洞，鸟也可以开辟自己的庄园。

有一种叫岩乌春的鸟，非常热爱石煤洞，在饶北河流域，岩乌春可能是最神秘的鸟。石煤洞湿度大，气温低，黑暗无光，只有少数的昆虫和蝙蝠、蛇、岩乌春可在洞里生存。无论多热的暑天，人坐在洞口五分钟，全身凉如冰敷。我很多次去洞口，想听听里面是否有鸟叫声，呜呜呜，洞里传出沉闷的空气流动声，如地下涵洞发出的水流声。

大部分时候，我选择在夕阳将落时，去峡谷里。在千来米长的水泥步行道上，有三五成群的人，来到峡谷散步，吹着幽凉的风，沐浴着最后一缕夕光，享受山野黄昏的宁静。鸟也将归巢，它们饱食了一天，快活无比，叫得尽情酣畅。野鸡、雕鸮等鸟的丰食之时，也恰好来临。雕鸮从山梁俯冲下来，贴着矮树林或黄茅草，在山坳里盘旋。

山脊线像美人的溜肩，又像大海拱上的波浪线，斜曲蜿蜒，完美得无法言说。夕阳坠下山巅，霞光倒翻上来，如火炉熄灭之时的最后一丛火焰。山脊上，偶尔有一棵或几棵高大的松树，孤立或群耸，均苍劲、古老、肃穆，像山神的背影。峡谷多出一份莽莽而万古长青。莺雀叽叽喳喳，喋喋不休。鸟鸣山更幽，天也更空。

山峰之下，大地辽阔。

峡谷以两种方式，向一个孤独者抒情：鸟把山驮到了我面前，告诉我，什么叫天籁；山如野马般奔跑，又回旋，无可挑剔的阵形，是大地绽放的花朵，永不凋谢。大自然令人惊奇之处，远比人想象的，更多更美妙。声音，色调，形象。或许，这就是一切艺术的总和。

# 白鹤与湖

站在仙霞岭，可以望见岭下湖泊，如一面蓝天的镜子。我问水墨画家颜："这个湖叫什么名字呢？"

"是一个水库。看起来很近，实际上很远。"颜说，"那是一个很幽静的地方，几年前我去过一次。"

"我们现在就去吧。在山里已经走了半天，去湖边还可以安神休息呢。在湖边坐一坐，人也舒服。"我说。

山脉像一条盘龙，在闽浙赣交界之地盘卧。狭长的峡谷向东而去，苍鹰在回旋。苍茫的竹海，沉默如铁。太阳倒悬在山巅。我们沿峡谷而下，去了水库。路是黄土山路，车走得有些颠簸。

水库在峡谷的中间地带，呈半罗盘形，嵌在坳与坳之间，有十几个足球场一般大。水坝北侧，有一片稀疏的竹林，一栋两层的瓦房隐约可见。我们过了水坝，站在竹林前，一个六十岁开外的大叔，满脸白胡楂，穿半开的棉白大褂，手上抱着一把绿豆秆，看着我。我递了一支烟给大叔，问："叔，湖叫什么名字？"

"白鹤湖。"一个坐在门槛上六十来岁的妇人，接话说。瓦房的门被一串挂花挡着了，不细心，看不见门。妇人端一个小圆匾，在挑拣绿豆。大叔回头看看妇人，又看看我，说："不见外的话，进来喝一杯茶吧。"

这里并无村舍。我说："真是好地方。"

我坐在门前的竹椅子上，问妇人："大婶，这个水库为什么叫白鹤湖？有什么来历吗？"白鹤不会来山区，也极少来仙霞岭一带的河流湖泊。那么湖以"白鹤"为名，一定有原因，值得好好探究。

"老头子，你讲一讲。我讲不来。"大婶说。

靠在箩筐边，大叔在搓绿豆秆，边搓边抖，把绿豆抖进箩筐里。

"你们去湖边走一圈吧，等我把绿豆搓完了，再讲。这白鹤湖的来历，知道的人可不多呢。"大叔说。他低着头，继续搓绿豆。

鹤，是高飞的鸟儿，《诗经·小雅·鹤鸣》："鹤鸣于九皋，声闻于野。鱼潜在渊，或在于渚。"高飞的鸟儿，才配命名为鹤。鹤在有水的草洲蛰居，叫声响彻大野。

飞得高而远，是因为迁徙路途遥远，必须飞越崇山峻岭。灰鹤可在万米高空飞行；白鹤在西伯利亚东北部的苔原地带破壳出生，飞越大约五千公里，来到鄱阳湖越冬，途经俄罗斯的亚纳河、因迪吉尔卡河和科雷马河，在黑龙江、吉林、内蒙古、河北、河南、辽宁、山东等地的湖泊、河流停歇，最终抵达鄱阳湖。

古人敬畏自然，以动植物为精神图腾，以松、兰、菊、梅、竹、鹤、凤凰、龙、龟等，作为自己的精神指认。白鹤因其飞得高远，浑身洁白，鸣叫声洪亮，寿命长，在人迹罕至的淡水边神秘地生活，被赋予了更多的高洁寓意。

赞美一个白发苍苍的老人，血气旺，我们说"鹤发童颜"。一个受尊敬的老人，无疾而终，我们说"驾鹤西去"。崔颢写《黄鹤楼》：

昔人已乘黄鹤去，此地空余黄鹤楼。

黄鹤一去不复返，白云千载空悠悠。

晴川历历汉阳树，芳草萋萋鹦鹉洲。

日暮乡关何处是？烟波江上使人愁。

驾鹤的人，就是脱离了尘俗的人，是得道的人，去天上做了神仙，解脱了人世无穷无尽的烦恼。我们活着，有太多说不出的苦楚，只有羡慕驾鹤飞渡云端的人了。

晋代的陶渊明，不仅诗词辞赋写得好，还特别会讲故事。相传他写过一本叫《搜神后记》的书，凡十卷，里面有一个白鹤归化的故事："丁令威，本辽东人，学道于灵虚山。后化鹤归辽，集城门华表柱。时有少年，举弓欲射之。鹤乃飞，徘徊空中而言曰：'有鸟有鸟丁令威，去家千年今始归。城郭如故人民非，何不学仙冢垒垒。'遂高上冲天。今辽东诸丁云其先世有升仙者，但不知名字耳。"

这个故事有些悲凉。丁令威在灵虚山学道，化鹤而归，城郭依旧，而人面已非。世事沧桑，让人心灰意冷。

白鹤，可能是最懂得人生况味的一种鸟。白鹤以群居或家族式栖居生活，一夫一妻制，双栖双飞。一对恩爱鸟，少了一只，就如夫妻离散、伴侣丧偶一样。王褒《洞箫赋》："孤雌寡鹤，娱优乎其下兮；春禽群嬉，翱翔乎其颠。"孤雌寡鹤、别鹤离鸾，多么孤苦。

我们说话间，湖边落了十几只白鹭，在低头啄食虾鱼。颜惊呼雀跃起来，说："湖里有白鹤，那边有好几只白鹤。"

"那不是白鹤，是白鹭。白鹤嘴、脚、爪暗红色。白鹭嘴、脚黑色，爪黄色。"我说。

单凭外相而言，白鹭和白鹤均属于体形较大的涉禽，很相似，羽毛如白雪，喙尖且长，腿脚细长。白鹭全身羽毛雪白，白鹤站立时通体白色，前额鲜红色。鹭鸟后趾发达，与前三趾同在一个平面上，易于握住树枝，而能栖息于树上。鹤鸟后趾短小，位置高于前三趾，难以握住树枝，从不栖息于树上。无论是飞翔时，还是站立时，白鹤的体态都非常优美高雅。即使站在冬天的茅草里，在几百米开外，我们也可以一眼辨认出白鹤来。东晋戴逵在《竹林七贤论》中说："嵇绍入洛，或谓王戎曰:'昨于稠人中始见嵇绍,昂昂然若野鹤之在鸡群。'"在人群之中,如鹤立鸡群,必是佳俊。

此时已是 8 月,但并不炎热。湖风轻轻掠上来,翠竹轻摇。水蓝得发绿,绿出了山野的原色。狭窄小路,沿着湖边圈起来。在湖中间,水里冒出咕咕水泡,翻出来,似乎是鲤鱼在深水里做一个长长的深呼吸。瀑布声从不远处传来,哗哗哗。湖面有一群小鹧鸪在游,喊喊地叫。我扔一颗石子过去,小鹧鸪撒开脚,在水面快速游窜,啪啪啪,趾蹼翻出白色水花。游出十几米,它们掠起,低低地飞过湖面,落在湖边矮灌木丛下。在这样的地方,做一个牧鹤人多好。养一只白鹤,养一缸荷,该是怎样的人生妙境!

宋代科学家沈括在《梦溪笔谈》中记载:"林逋隐居杭州孤山,常畜两鹤,纵之则飞入云霄,盘旋久之,复入笼中。逋常泛小艇,游西湖诸寺。有客至逋所居,则一童子出应门,延客坐,为开笼纵鹤。良久,逋必棹小船而归。盖尝以鹤飞为验也。"林逋,字君复,奉化大里黄贤村人,北宋著名隐逸诗人,以诗歌《山园小梅》名世,其"疏影横斜水清浅,暗香浮动月黄昏"之句名传后世。林逋死后，宋仁宗赐谥"和靖"，后人称他和靖先生。现在，西湖的孤山仍有他的石雕像、草房和墓地。其自谓"以梅为妻，以子为鹤"，算是一痴。

也有荒唐的爱鹤之人如卫懿公，他是春秋时期卫国第十八任国君，卫惠公之子。史家司马迁在《史记》中给他的评价是："懿公即位，好鹤，淫乐奢侈。"卫懿公喜好养鹤，根据鹤的体态、舞蹈、羽色、叫声，给鹤定官阶，赐以俸禄，因此遭臣民怨恨。左丘明在《左传》中载："冬十二月，狄人伐卫。卫懿公好鹤，鹤有乘轩者，将战，国人受甲者皆曰：'使鹤，鹤实有禄位，余焉能战！'"公元前660年，赤狄攻打卫国，卫懿公兵败被杀。爱鹤，爱到了亡国。

"以鹤入画，是国画的传统，尤其是虫鸟画，鹤往往是主角。"我说。也确实是这样，鹤作为吉祥的象征，留下了很多经典的墨宝。

据说薛稷（字嗣通，初唐四大书法家之一）画鹤，已达呼之欲出的境界，似乎观者可闻鹤之鸣声。薛稷因知情太平公主密谋政变而未报，被赐死于狱中，现存《啄苔鹤图》《顾步鹤图》《瑞鹤图》《二鹤图》《戏鹤图》

等。李白题诗《金乡薛少府厅画鹤赞》赞其画，杜甫题诗《通泉县署屋壁后薛少保画鹤》赞其风骨。

鹤是隐逸、高洁的象征。历代均有与鹤有关的名画，流传后世。如宋徽宗赵佶的《瑞鹤图》，元代陈月溪的《麻姑仙鹤图》，明代边文进的《雪梅双鹤图》《竹鹤图》，清代郎世宁的《花阴双鹤图》，清代沈铨的《双鹤图》《鹤寿富贵图》《鹤群图》，清代华岩的《松鹤图》等。

寿画《松鹤图》是每一个人都见过的。有人做寿了，厅堂挂一幅《松鹤图》，以示寿庆。白鹤是人人认识的鸟。并非认识白鹤的人，都见过白鹤，而是白鹤作为长寿、吉祥的象征，无人不知。作为文化符号，鹤可能是民间普及最为广泛的。

宋代词人吴文英说："西风吹鹤到人间。"西风即秋后之风。可能在古代，鹤是一种常见的鸟，西风到，万鹤来。如同我们在田野、河边所见到的白鹭。在古代，养鹤也是寻常之事。鹤以苦草、眼子菜、苔草、荸荠、藕等植物的茎和块根为食，也吃水生植物的叶、嫩芽，以及蚌、螺等软体动物，生活在湖泊、河流的开阔地带。

而如今，我们能看到的鹤越来越少了，尤其是极危的白鹤，我们哪有那样的福分去看一看呢？也只有在迁徙地，才可觅见它们神秘的踪影。

"三年前，我搬到这里住。我姓林，原是机械厂的钳工，退休了，带老太婆来这里。这里空气好，自己种自己吃。"大叔喝了一口热茶，剥了一粒南瓜子，塞进嘴巴里，边吃边说。

他说起了白鹤湖。以前，这栋两层瓦房里，生活着一对五十多岁的夫妇，男人叫文书，女人叫西西。夫妇同年同月同日出生。他们是本地人。八年前的春天，山樱开得白艳艳的，西西在湖边洗菜，一只大白鸟落在湖里，嘎嘎嘎，叫得很凄惨。她把大白鸟抱回了家，发现它有一只翅膀断了。挖笋回家的文书，识得大白鸟，说，这是白鹤，是祥瑞的鸟。他们把白鹤养了起来。可能是翅膀断了，伤了骨，白鹤叫得悲凉。西西被它叫得心疼，她给大白鸟包扎伤口，敷药，挖藕芽给它吃。

第三天，院子里又飞来了一只白鹤。两只白鹤相对，用头磨蹭对方，很是亲昵。它们嘎嘎地叫，叫得欢欣喜悦。后来的那只白鹤张开翅膀，扑扇着，像在跳舞。这让西西羡慕不已，激动不已。

过了四个月，受伤的白鹤可以张开翅膀了，但仍然不能飞，可能骨头还受不了力。它们在竹林里，追逐玩耍，一起去水坝底下的藕塘里吃食。它们再也不走了，和西西夫妇生活在一起。

它们一起在湖上跳舞，一起在草洲上晒太阳，一起飞上屋顶朝天叫。它们多么恩爱啊，恩爱得让人嫉妒。睡觉的时候，它们也挤挨在一起。两只白鹤在一起，再寂寞的山林，也不觉得孤单了，它们每天都欢天喜地唱歌跳舞。它们是一对神仙眷侣，一双凡间的精灵。峡谷外的世界对它们来说，是多余的。

三年后的一个冬天，傍晚了，白鹤还没回到院子里。西西站在水坝上，四处瞧，也没看见白鹤。她和文书一起去找白鹤。夜色飘上了树梢，他们在河边，找到了白鹤。其中一只，也就是翅膀受伤的那一只，躺在石头上，耷拉着头，叫得很凄凉。另一只站在它身边，仰着脖子，一直叫。

第二日，受伤的白鹤死了。医生说，白鹤死于肠胃出血。西西把白鹤葬在一棵老松树下。活下来的一只，形单影只，也不去藕塘觅食。它在湖上、在竹林，绕着飞，边飞边叫。它越来越瘦，吃下的食物越来越少。一个月后，它在老松树下，安静地死去了。西西伤心透了。她活了一辈子，从没见过这么忠贞的鸟。她把它们埋在了一起。文书挑来土砖沙砾，给它们垒了一座三米高的凉亭。

"一对那么恩爱的白鹤，也没留下一只后代，真是令人惋惜。"大婶补了一句。她搓搓眼睛，又说："话又说回来，世间哪有完满的事呢？"

一年后，西西一家搬离了竹林。水库有了名字，叫白鹤湖。

"白鹤去了，但魂魄留了下来。这就是白鹤湖。"大叔说，"每年的七夕，峡谷里相爱的年轻人，会来到湖边许愿。许过愿的人会恩爱白首。"

"白鹤亭在哪儿呢？"我问大叔。

"就在那边山坳的老松树下。"大叔指了指斜对面的山坳说。

我和颜沿湖而走，太阳的光线软了，湖面的竹影斜了。白鹭在湖边低沉地叫。山麻雀在草洲画着弧线飞。一棵弯弯的柳树在草洲中央，突兀而起，叶子麻黄。一只白项凤鹛站在枝条上，歪着头瞧来瞧去。草被风逐。风留下了季节的波浪。

老松苍郁遒劲，挺拔而立，冠盖倾散，是一座山的形状。树下是一座木亭，六边形，六根原木柱子如水牛的脚。亭门上，挂着一块木匾，手书行楷大字"白鹤亭"。亭的后面，是悬崖，飞瀑流泻，水珠跳溅。

在白鹤亭，我默默地坐了半个小时。雨季已过两月有余，湖水日浅，湖尾露出草洲。草色青青。颜说："这里适合筑半山书房，引泉入池，磨墨画画，临屏观鸟。"我默不作声。颜看看我，又说："竹林入窗，听风饮露，是个难得的好地方，闲云野鹤，是人生的一种境界。"我说："在这里居住，虽然美好，但太令人悲伤。"

在下山的路上，我问颜："你深深地爱过别人吗？"

"没有。"

"被人深深地爱过吗？"

"好像有过。"颜想了想，沉默了一会儿说。

"你有过吗？"颜反问我。

"没有深深地爱过和被爱，一生算是虚度了。我不是虚度生命的人。"我说。

"那什么是爱呢?"

"爱是无可替代的欢欣吧。失去了这样的欢欣，便是永生的痛苦和寂寞。你说呢?"

"爱是魂魄的彼此依存。"

我靠着车窗，窗外是葱绿的峡谷。我没有接话。窗玻璃映着一双眼睛，湖一样的眼睛。晚霞在林梢飞渡。

# 山斑鸠

四楼有一个约二十平方米的天台，留着做个小花园。在房子设计时，我便想好了。栽上绣球、吊兰、朱顶红、茉莉，养几钵水仙或荷，摆上大木桌，天晴时，眯着眼看看书，是一件惬意的事。然而房子住了六年，一钵花也没栽，甚至都没上去过。

2020年3月7日上午，我为找一块樟木板，去四楼杂货间，顺道站在天台上看田野，雨窸窸窣窣，屋檐水滴吧嗒吧嗒。我看看屋檐，足有半米宽。我才想起，建房时，我跟石匠师傅说，在屋檐下的墙体，安一排毛竹筒。师傅说，安毛竹筒干什么，老式土房才安毛竹筒，方便日后搭架子翻屋漏。我说，墙留毛竹筒，麻雀可以筑窝安家，麻雀是个天然时钟，天一亮，它们叽叽喳喳叫，我就睡不了懒觉了。石匠师傅说，你怎么还像个小孩呢。石匠师傅不知是忘记了，还是不屑于我的话，墙体光溜溜，一个毛竹筒也没安。

从四楼下来，我在厨房里找篮子。我妈问我找什么，我也没答话。找了几个房间，也没找到篮子。我往巷子里走，找篾匠老青师傅，买一个小竹篮。我妈又问，下雨了，你还出去干吗。我说买篮子。我妈说，买篮子干什么，家里的竹篮好几个。我说，太大了，我要小篮子，做一个鸟窝，挂在四楼。我妈说，衣柜顶上有一个。我妈把小篮子提出来，说，你看看适不适合。我笑了。

小篮子是买大闸蟹时带回来的，我妈一直存放着。我又去别人家的稻草垛里，薅了一把稻草衣，揉软，在小篮子里团了一个凹型窝。我妈说，你还是傻里傻气，鸟怎么会在这里筑窝呢。

小篮子挂在四楼屋檐下，我再也不去看了，管它有没有鸟来。

时隔半个月，我回枫林。我爸对我发了几次火，说，一个电视机好好的，可偏偏放不出电视。他拍拍电视机，说，一铁锤下去，它就烂了。他有两样东西是不能缺的：

电视，酒。他必看的节目是"新闻联播""天气预报""海峡两岸""海峡新干线"。无论家里多热闹，来了什么客人，到了晚上7：25，他摇摇手腕，看看手表，说，我看电视去了。一天没电视看，他坐得不自在，几个房间里走来走去，翻箱倒柜，也不知道他找什么。问他，他说没找东西。他把遥控器摁来摁去，电视机也没一个闪影出来。我说，楼上接收器坏了，或者被风吹翻了，我去楼上看看。

接收器在四楼天台。前几日大风，把接收器刮倒了。我推开天台门的刹那，呼噜噜，一只鸟从篮子里飞出来，吓了我一大跳。我也没看清那是什么鸟。缓过神来，我踮起脚，看清了篮子里有两枚蛋。蛋白色，椭圆形，光滑无斑。草窝里多了苔藓、石板灰色的羽毛。这是山斑鸠在孵卵。

我对我爸说，四楼篮子里有鸟蛋，你没事，别去四楼，鸟受惊了，会弃窝的。我爸说，电视有得看，我去四楼干什么。

"立了春，好多鸟便开始孵蛋了。天暖，孵蛋会比往年早几日。"我妈说。

第二天早上七点钟，我便去四楼，坐在竹椅子上看书。我留了巴掌大的门缝，可以看见小篮子。我留心着篮子里的动静。到了八点一刻，咕咕，鸟轻轻啼叫了两声。一只鸟呼噜噜，飞到了篮子边沿。窝里的鸟，飞走了。飞来的鸟，扑进篮子里，趴下身子。我看清了，这是一对山斑鸠，正在换岗孵卵。

其实，在四楼杂货间，我引诱过鸟。2017年冬，我把杂货间窗户完全敞开，在长条凳子上搁一块圆匾，圆匾上疏疏匀匀地撒些谷粒、碎玉米、黄粟米、芝麻。我锁了房门，再也不管它。每天，我在楼下的厨房门口，看见成群的麻雀，飞进去吃食，喳喳叫。偶尔有山斑鸠进去。第二年夏天，我上杂货间，圆匾上的食物，所剩无几。在一个簸箕上，麻雀还遗留了一个窝。

南方，山斑鸠是十分常见的鸟。尤其在秋熟，在山脚稻田，山斑鸠一群群，十几只，几十只，窝在田边吃食。有一年，我和大毛去懂团乡胜利水库钓鱼，见到了山斑鸠鸟群。时值仲秋，稻子正在收割。机耕道上，堆着割下来的稻子，一排排。田野半是金黄半是褐黄，阳光软软地塌在地上。这一带多丘陵，樟树、油松、芭茅遍布山丘。山丘与山丘之间，是平坦赤裸的田野。车开过机耕道，山斑鸠乌压压飞起来，在田野上打旋，待车子过了，又落下来，啄食稻谷和稻谷上的飞虫。车子开了一段路，我说，我们步行去水库吧，车子惊吓到斑鸠了。我们背着渔具，步行。山斑鸠见了我们，并不怕，边吃边翘着脑袋望着我们，退缩到路边。这是我见过山斑鸠数量最多的一次了。数群，时而起起落落，时而安静地吃食。

其实山斑鸠并不是以社区为群落生活的鸟，一般是三五只在一起觅食，大多时候是一对一对出没。也许是此时山中食物比较匮乏，无数的小群落聚集在食物丰富的地方，成了蔚为壮观的大群落。在某一个特定的（食物丰富的）场所，在某一个时间节点，鸟会改变觅食习惯。这和鱼觅食是相同的——在某一个固定水域抛撒鱼食，鱼群汇集。即使不是人为抛撒，而是自然形态改变，也如此。春季雨水密集，山溪带来了大量腐殖质和微生物，在山溪汇入大江大河之处，鱼逐浪而食，捕鱼人常在此处下网。

山斑鸠是一种与人类比较亲近的鸟，与鹁鸪、乌鸫、卷尾、白头翁一样，生活在离村子很近的低地山林、河岸、茅草与灌木混杂的原野，巢一般筑在树上，碗状，以松软的茅草丝搭建，下面垫着干枝。它们也在屋舍的阳台、空调管、墙体裂缝、窗台或小院果树上筑窝。在筑窝之前，它们求偶，确定情侣。

头年立冬至来年谷雨，我们走入山野或田畈或河边，随时可以听到"咕咕咕——咕"的洪亮叫声，三声上声一声去声，铿锵有力，底气十足。这是山斑鸠的求偶声，像一种宣示，丝毫不会躲躲藏藏。它以声波的形式，写着没有收件人的恋爱信，发往百米内的任何角落。之后在某一个山坳，或在某一片野林，也发出了"咕咕咕——咕"的回应。它们"相逢"了，它们以声音在空气中相逢，未曾相识的相逢——叫声清脆，越叫越洪亮短促，直至没了叫声——它们已经在一起，寻觅适合之所，衔草衣干枝，秘密安居。也有山斑鸠叫了一个月，也无回应。它便一直叫着，叫得倔强，叫得不屈不挠，也叫得死皮赖脸，从清晨开始叫，一直叫到黄昏。尤其在晴好的时日，大地返青，油菜花烧着田畈，山樱独自在山崖雪一般盛开，它的叫声显得格外悠长、固执与缠绵。

我们便永远不会忘记浸透了春日露水的叫声，像沾着土渣的民歌一样，成为我们血液里流动的部分。江西客家有采茶戏《春天斑鸠叫》：

　　春天里嘛格叫
　　春天里的斑鸠叫
　　斑鸠叫起实在叫得好
　　它在那边叫
　　我在这边听
　　……

　　素有南方情调的斑鸠调，诉尽春日里的男欢女爱。这是一支耳熟能详的民歌，自小听得滚熟于心。

　　山斑鸠筑窝需要半个月，或更长时日。像乡村的年轻夫妻，自己挑沙子、扛木头，营建温暖的长居之所。

　　我一直以为，山斑鸠是很温顺的鸟，随遇而居。其实不然。前年冬，我正在家里栽兰花，邻居公元抱来一只鸟，说："在田里抓到的，有人在田里挂网，鸟扑进网里了。"我说："这是山斑鸠，翅膀受伤了，得养起来。"

我有一个木笼，一立方米的正方体。我把山斑鸠关进了笼子，配了黄粟米、清水。我弟弟见了山斑鸠，说，放了，给它生路吧。我说，翅膀伤了，飞不了，会被黄鼠狼吃掉。

第二天早上，我去看鸟，见笼子里落满了羽毛，翅羽尾羽腹羽都有。我惊呆了。猫是进不了笼子的，怎么会落这么多羽毛呢？我妈说，山斑鸠站在树枝上睡觉，它没有枝条站着，不习惯，睡不着，会急躁。我又做了筐子，安了一根树枝供它站。翌日，我又去看鸟，小玻璃盆里的黄粟米不见少。鸟怎么不吃呢？它把脖子伸出笼子，又退回筐子里，反反复复几次。它一声也不叫。只发出低低的咕咕声，似乎脆弱又哀怜。它的眼睑不时闪动，闭一会儿又睁开，睁开又闭一会儿，灰白色中透出忧郁的蓝色眼球，显得无辜又无可奈何。我心里很是难过。我想，它的羽毛是想挣脱出鸟笼而落下的。人有一夜白尽头发，鸟有一夜落尽羽毛。

又过了一天，山斑鸠死了。它匍匐在筐子里，撒开翅膀，一动不动。我把它抓了起来，它整个身子僵硬了。我用稻草把它包起来，埋在柚子树下。它受了惊吓，在网上挣扎了大半天，又被关进了笼子里，它拒绝发声，也拒绝了食物。

在很长时间里，我都忘不了山斑鸠的眼神：沉重的，软软的，透明的，却又堆了灰一样。那是一种濒死的绝望。我救不了它。我痛恨那个挂鸟网的人。

斑鸠与鸽子同属鸠鸽科，灵敏聪慧。它有惊人的地理记忆力，它甚至会察言观色。它感觉受到人的威胁，就会瞬间飞走；它感觉人友好，便安安静静地在距人不远处吃食。

乡村的孩子会摸鸟蛋，摸得最多的鸟蛋是斑鸠蛋。邻居有一个孩子，摸了三枚斑鸠蛋，被养鸽子的村人收走了。养鸽人把斑鸠蛋放在鸽子窝里，随鸽蛋一起孵。鸽子抱了一窝蛋，最先孵出的幼鸟是斑鸠。斑鸠幼鸟的吃食和鸽子幼鸟的吃食是相同的。幼斑鸠孵化出来七天，全身便长满黄色夹杂深灰色的羽毛，脖子长长，脑袋上耸着一撮毛，经过三周的喂养，幼鸟离巢。母鸽并不排外，尽心尽力喂养幼斑鸠。这是养鸽人告诉我的。他对我说："鸟与鸟之间，有着伟大的爱，代鸟孵化，代鸟育雏，和人类领养孩子是一样的。"

天台上山斑鸠正在孵卵，我便一再告诫家人，不要去四楼。对鸟最大的尊重，便是不要给它任何打扰。对其他生命，也是如此。每种动物都按自己的习性生活、繁殖、迁徙。以任何一种方式，对动物进行人为的驯化、饲养，都是对动物的侮辱。

　　隔了一个多月，我再次上天台，窝里一只鸟也没有，只有几个碎蛋壳。屋檐，是我的屋檐，也是山斑鸠的屋檐。我在四楼的外阳台上，横拉了一根桂竹，用麻绳固定在廊檐下，我挂了七个自己做的鸟窝。至于鸟会不会来筑窝，那是鸟的事了。

## 孤人与鸟群

瓢里山，珠湖内湖中的一座小岛，它就像悬挂在鄱阳湖白沙洲上的一个巨大鸟巢。从空中往下看，瓢里山像一只浮在湛蓝湖泊里的葫芦，也像一把鱼叉。对岸就是珠湖黄牺渡，古称黄牺津，津即渡口，"黄牺"是"瓢"的别名。陆羽《茶经·四之器》称："瓢，一曰牺、杓，剖瓠为之，或刊木为之。"

我从黄牺渡坐渔船去瓢里山。船是拱形篷顶的小渔船，请船夫做我的向导。这是初冬的清晨，微寒扑面，雨后的空气湿润。湖面如镜。瓢里山又名黄溪山，是一座孤山，如一片漂在湖面上的青青荷叶。

船夫以捕鱼捕虾为生，是一个五十多岁的汉子，胡楂细密，个儿小但结实，脸色因为酒的缘故而显得酡红。

他对我说："瓢里山只有八十多亩，很小，除了鸟，没什么看的，也没什么人，是一座很孤独的山。"我说："有鸟，山就不孤独了，有了树，有了鸟，山就活了。"

"以前，山上有黄溪庙，供观音菩萨。前几年，庙搬迁了，让鸟有一个清净的栖息地。"船夫说，"不多的几户人家，也搬迁了。"

一群群鸟从岛上飞出来，在湖面盘旋，又向北边的沙洲飞去。船夫又说："你别看岛小，可是出了名的鸟岛，一年四季，鸟比集市上的人多好多。"

"你经常上岛吗？"

"一年来几次，我从小在这里生活，哪个角落，我们都熟悉。"

船靠近岛，鸟叫声此起彼伏。嘎嘎嘎嘎，呱呱呱呱，呃呃呃呃。我的心一下子蹦蹦跳起来。我从来没听过这么盛大热烈的鸟叫声。我也分辨不出是哪些鸟的叫声。

船靠了岸，鸟拍翅的声音，又响起来，啪啪啪，像是有鸟在跳舞、在振翅欲飞。我下了船，望向浓密的阔叶林，树上站满了鸟。我站在船边，不敢挪步，也不敢说话——鸟机警，任何响动，都会让鸟惊飞。

"我带你去吧，树林里有一个茅棚，一个叫鲅鱼的人常在那里歇脚，在那里看鸟，视野很好。"船夫系了缆绳，扣上斗笠，往一条窄窄的弯道上走。他把一顶斗笠递给我，说："你也戴上，不然鸟的粪便会掉在头上。"

弯道两边都是树，有枫树、樟树、小叶榕、土肉桂、木莲、杜英。鸟站在树梢上，树梢颤动。我看见了天鹅、大雁、斑头雁和鸬鹚。树上有很多鸟巢，有的大如脸盆，有的小如瓜瓢。我仰起头，看见两只东方白鹳，站在高高的枫树上，举起翅膀，欢快地跳着舞。

走了百米远，看见一个茅棚露出来。一个四十多岁的人在茅棚前，用望远镜，四处观望。船夫说："那个人就是鲅鱼，鲅鱼在城里开店，候鸟来鄱阳湖的时候，他每天都来瓢里山，已经坚持了十多年。"

"他每天来这里干什么？每天来，很枯燥。"

"这里是鸟岛，夏季有鹭鸟几万只，冬季有越冬鸟几万只。以前常有人来猎鸟，张网、投毒、枪杀，鸟都成了惊弓之鸟，不敢来岛上。这几年，猎鸟的没有了。鲅鱼可是个凶悍的人，偷鸟人不敢上岛。"船夫说，"其实，爱鸟的人，心地最柔软。"

船夫是个善言的人，在路上，给我们说了许多有关候鸟的故事。他把我当作普通的观鸟客。也许他是从我不断发出啊啊啊的感叹，从我惊喜诧异的脸色，从我追踪候鸟飞翔的眼神中——捕捉到的。只有初到小岛，初见候鸟群飞的人，才会像我这样手舞足蹈。而船夫不知情的是，我是想找一个僻静的地方躲一躲，以逃脱城市的嘈杂。是的，我是个热爱城市生活的人，尤其我居住的小城，信江穿城而过，山冈植被葳蕤，但我还是像患了周期性烦躁症一样，不去乡间走走，人很容易暴躁——我不知道城市生活缺少了什么，或者说，心灵的内环境需要一种什么东西来填充。初冬，候鸟来临时节，我正处于这种焦灼的状态，这给了我去鄱阳湖的理由——去看一场湖光美景，群鸟歌舞的盛宴。

　　被北宋饶州知府范仲淹盛赞的"小南海"瓢里山，满眼白绿相间，绿的是树木葱翠，白的是鸟影绰绰。香樟高大浓密，从视野里喷涌而出，天鹅像戴在树上的帽子，远远望去，仿佛一艘艘在绿色湖面上游弋的船帆。白鹭，天鹅，鹳，鹤，不时惊飞，俯冲低空，与灰茫茫的天空融为一体。茅棚隐在树林里。

鲅鱼对我意外的造访很是高兴，说："僻壤之地，唯有鸟声鸟舞相待。"

"这是瓢里山最好的招待，和清风明月一样。"我说。

我们在茅棚喝茶。茶是糙糙的手工茶，但香气四溢。茅棚里有三只塑料桶和一辆破旧的自行车，壁上悬着一个马灯和一个可以戴在头上的矿灯。塑料桶里分别放着田螺、泥鳅和小鱼。鲅鱼说，这些是给"客人"吃的。茅棚里，还有一个药橱，放着药瓶和纱布。

鲅鱼有一圈黑黑的络腮胡，戴一副黑边眼镜，土墩一样厚实，皮肤黝黑，手指短而粗，他一边喝酒一边说起他自己的事。他在城里开超市，爱摄影，经常陪朋友来瓢里山采风。有一年冬天，他听说一个年轻人为了抓猎鸟的人，在草地上守候了三夜，在抓人时被盗贼用猎枪打伤，满身硝孔。之后，鲅鱼选择了这里，在年轻人当年受伤的地方，搭了这个茅棚，与鸟为邻，与湖为伴。

湖上起了风，树林一下子喧哗了，鸟在惊叫。后面"院子"里传来嘎嘎嘎的鸟叫声，鲅鱼说，那是鹳饿了。鲅鱼提着鱼桶，往院子走去。我也跟着去。院子里有四只鸟。鲅鱼说："这几只鸟都是受伤的，怕冷。"他又说：

"不同的鸟叫声不同，体形和颜色也不同。天鹅形状似鹅，体形较大，全身白色，呃呃呃地叫，像妇女敞开嗓子练歌。白鹭羽毛白色，腿很长，嘎嘎嘎，叫声里透露出一种孤独。鹳嘴长而直，羽毛灰色或白色或黑色。鹤头小颈长，羽毛灰色或白色，叫声尖细，嗨嗨嗨。"

这四只鸟，像四个失群离家的小孩，一看见鲅鱼，就像见了双亲，格外亲热——伸长脖子，张开细长的嘴，一阵欢叫。我辨认得出，这是三只鹳和一只白鹤。我想，它们就是鲅鱼所说的"客人"吧。鲅鱼把小鱼一条条地送到客人的嘴里，他脸上游弋着捉摸不定的微笑。他一边喂食一边抚摸这些客人的脖颈。鲅鱼说："过三五天，我把这几只鸟送到省动物救助中心去。"

"在这里，时间长了，会不会单调呢？"我问鲅鱼。

"怎么会呢？每天的事都做不完。在岛上走一圈，差不多需要一个小时。上午，下午，都得走一圈。"鲅鱼说。

瓢里山北高南低，地势平缓，北边是悬崖，南边是沙地，草茂树密。夏季，白鹭栖息在南边，池鹭栖息在北边。鹭鸟试飞时，鲅鱼整天都待在林子里，去找试飞

257

跌落的小鸟。岛上有蛇，跌落的小鸟没有被及时发现，就会被蛇吞噬。鲅鱼把小鸟送回树梢，让它们继续试飞。也有飞疲倦了的鸟，飞着飞着，落了下来，翅膀或者脚跌断了，再也回不到天空。鲅鱼说 2000 年冬，他救护了一只丹顶鹤，养了两个多月，日夜看护，到迁徙时放飞了，第二年 10 月，这只丹顶鹤早早地来了，整天在院子里走来走去，鲅鱼一看到它，便紧紧地把它抱在怀里。以后每年，它都在鲅鱼家度过一个肥美的冬季，而去年，它没再来，这使鲅鱼失魂落魄，为此还喝过两次闷酒。

"鸟是有情的，鸟懂感情。"我们在树林走的时候，鲅鱼一再对我说，"你对鸟怎么样，鸟也会对你怎么样。鸟会用眼神、叫声和舞蹈，告诉你。"

我默默地听着，听鲅鱼说话，听树林里的鸟叫。

船夫对鲅鱼说："你走在树林里，鸟不惊慌，我走在树林里，鸟会飞走，鸟认识你。"

"鸟多美啊，它飞起来是美的，站在树上是美的，孵卵是美的，喂雏是美的，低头觅食是美的，它睡觉时也是美的。鸟的羽毛是美的，眼睛是美的，叫声是美的。你见过丑陋的鸟吗？没有。世界上没有丑陋的鸟。这么美的东西，一定是神的使者。"鲅鱼说，"我见不得鸟受伤，见不得鸟死去。虽然我常常见到死鸟。我看见死鸟，就像看见冤魂，非常难受。"

在林子里走了一圈，已是中午。鲅鱼留我和船夫吃饭。其实也不是吃饭，他只有馒头和一罐腌辣椒。在岛上，他不生火，只吃馒头花卷面包之类的干粮。热水，也是他从家里带来的。

吃饭的时候，鲅鱼给我讲了一个故事。2014 年冬，瓢里山来了一对白鹤，每天，它们早出晚归，双栖双飞，一起外出觅食，一起在树上跳舞。有一天，母白鹤受到鹰的袭击，从树上落了下来，翅膀受了伤。鲅鱼把它抱进茅棚里，给它包扎敷药。公白鹤一直站在茅棚侧边的樟树上，看着母白鹤，嘎嘎嘎，叫了一天。鲅鱼听惯了白鹤叫，可从来没听过这么凄厉的叫声，叫得声嘶力竭，叫得哀哀戚戚。他听得心都碎了。鲅鱼把鲜活的鱼，喂给母白鹤吃。公白鹤一直站着。第二天，公白鹤飞下来，和母白鹤一起，它们再也不分开。喂养了半个多月，母白鹤的伤好了，可以飞了。它们离开的时候，一直在茅棚上空盘旋。第二年春天，候鸟北迁了，临行前，这一对白鹤又来到了这里，盘旋，嘎嘎嘎嘎，叫了一个多小时。鲅鱼站在茅棚前，仰起头，看着它们，泪水哗哗地流。

秋分过后，候鸟南徙，这一对白鹤早早来了，还带来了一双儿女。四只白鹤在茅棚前的大樟树上，筑巢安家。晚霞从树梢落下去，朝霞从湖面升上来。春来秋往，这对白鹤再也没离开过这棵樟树。高高的枝丫上，有它们的巢。每一年，它们都带来美丽的幼鸟，和和睦睦。每一年，秋分还没到，鲅鱼便惦记着它们，算着它们的归期，似乎他和它们，是固守约期的亲人。

可去年，这对白鹤，再也没来了。秋分到了，鲅鱼天天站在树下等它们，一天又一天，直到霜雪来临。它们不会来了，它们的生命可能出现了诡异的波折。鲅鱼难过了整个冬天。他为它们牵肠挂肚，因此默默地流泪。

人人都说，现在的人浮躁，急功近利，要钱要名。来了瓢里山，见了鲅鱼，我不赞同这个说法。人需要恪守内心的原则，恪守属于生命的宁静，去坚持认定的事，每天去做，每年去做，不平凡的生命意义会绽放出来。

天空布满了鸟的道路，大地上也一样。鲅鱼坐在茅棚前的台阶上，就着腌辣椒吃馒头。他喝水的时候，摇着水壶，把头扬起来，水淌满了嘴角。他戴着一条黑头巾，看起来像个风尘仆仆的牧师，在无人的荒岛布道。"我要守着这个岛，守到我再也守不动。"他说。

有人，有鸟，岛便不会荒老。

这是一个人与一座孤岛的盟约。

鲅鱼，像是岛上唯一的孤鸟。

## 通鸟语的人

　　秋稻收割之后，赣东北的田野，似乎一下子空了。秋水如一支渐暗的曲子，枯瘦又低暗。田野里，多松鸦和灰背鸫，湿淋淋的叫声，让我听出了寒露的气息。我一直在等待深秋的到来。我有一种迫切上路的欲望，去鄱阳湖。我似乎听到了候鸟在叫：快来吧，快来吧。

　　2019 年 9 月，我在莲湖，见了李昌仕之后，便决定秋冬交替之际，再来鄱阳湖。记得临别之时，我一再对李昌仕说：我们一起去莲湖的草洲，一起去瓢山，从早走到晚，看鄱阳湖的候鸟。他卷起腰上的汗衫，挽着裤脚，憨厚地对我笑。

　　鄱阳湖畔，有一些鲜为外人所知的神秘人。4 月份，在鄱阳县认识的龙哥对我说："我认识一个能听鱼说话的人，你下次来，我带你认识，他把耳朵贴在湖面，就能听出水下有什么鱼。"我说："我想找一个会说鸟语的人，和他说话，多么有意思。"龙哥默默地抽了一支烟，摇了摇头，说："世界上，哪有会说鸟语的人呢？"

会说鸟语的人，我相信有。我猜想，美国作家约翰·巴勒斯就是一个会说鸟语的人——他依据鸟的鸣叫，来判断鸟的种类。没有他听不懂的鸟叫声。

8月底，省城的谢女士打电话给我，说鄱阳莲湖乡有一个叫李昌仕的人，一个人在百余平方公里的草洲，巡护候鸟二十四年，我们找个时间去拜访一下。9月1日，我从南昌县辗转到鄱阳县，再辗转到莲湖乡龙口村，找到了李昌仕。骄阳似火。乡村公路在田畴和山丘间弯来拐去，热浪从地面上水蒸气一般蒸腾。齐腰的禾苗旺旺地漾，低矮的山梁如咆哮的波浪，翻卷地涌。三五只小白鹭在田头飞。

莲湖因岛屿如莲花盛开于鄱阳湖而得名，是一个岛乡，位于县城西南，鄱阳湖东南岸边，地域宽广，以沙洲、湖泊、丘陵为主要地貌，是候鸟迁徙鄱阳湖后主要的越冬地之一。莲湖乡人口稠密，虽是岛乡，文化底蕴却十分深厚。相传朱氏先祖禹二公因不堪黄巢起义兵戈攘扰，自金陵沿长江南下，来到莲湖定居，历五世而人烟繁盛，兴建宗祠，后称五湖祠。公元1130年，宋高宗赵构南渡，至莲湖，赐建楼阁，以环护五湖祠，名为"环楼"。公元1375年，朱元璋见此楼阁，赞曰："青山影影，绿水凄凄，环楼耸翠，御笔亲题。"莲湖乡瓦燮垎村，古称瓦屑坝，是一个古老的渡口。洪武三年至永乐十五年（1370—1417），历时四十八年，有两百余万人，经瓦屑坝，迁移至湖北、安徽等地，开田垦荒。自古以来，烟波浩渺的鄱阳湖和丰厚的渔民文化，塑造了莲湖人剽悍坚韧的性格和淳朴浪漫的心灵。

在莲湖龙口码头，我一眼便判断出，那个身材敦实、脸庞古铜色的老汉，便是李昌仕。我和他握手。他的手很粗糙，很厚实，很有力。他的身形样貌，为鄱阳湖如火的烈日和尖刀般的寒风所雕塑。

李昌仕生于1956年，地地道道的莲湖乡人，世代渔民。他个子不算高大，但魁梧结实，皮肤黝黑。他宽阔的面门，像湖面洒满了和煦的阳光，静谧的，乐观的，有着湖波般的笑容。可能他出汗过多，脸上有盐白。他厚实粗大的脚，像是煅烧出来的，走路沉稳有力，每踏出一步，路面就扬起轻轻的灰尘。他的脚趾似有吸盘，紧紧抓住空空荡荡的皮凉鞋。他挽起裤脚走路——在我眼里，他不像是走路，而是在蹚河或走淤泥滩——在从龙口码头到他家的路上，我一直看着他的脚和他的后背。他的后背宽且厚实，灰褐色的短袖衫贴背湿出一块南瓜叶大的盐液圈——他是个爱出汗的人。他的鬓发缀着细细白白的汗珠。他一边走，一边说："鄱阳湖的冬天，刮骨一样冷。天越冷我越得去沙洲走走。鸟冷，也没个地方躲风。"

他的肤色，他的身材，他的笑容，他沉稳的脚步，让我想起哈德逊西岸的约翰·巴勒斯。

约翰·巴勒斯是个博物学家，李昌仕是个农民。

约翰·巴勒斯是个鸟类观察者和记录者，李昌仕是个护鸟人。

约翰·巴勒斯出行带一个望远镜，李昌仕带一把铁铲。望远镜用于观鸟，铁铲用于埋鸟。

"我从小就喜欢鸟，看到鸟在天空飞，看到鸟吃东西，我心里就快活。"李昌仕说，"我看到鸟死，会难受。"

20 世纪 90 年代初期，龙口常发生捕鸟猎鸟的事情。龙口在鄱阳湖边，秋冬交替之际，天鹅、大雁、鹏鹏等鸟飞越千山万水，来到鄱阳湖越冬。龙口周边的草洲，是候鸟的主要越冬地之一。草洲开阔，有百余平方公里的面积，草芽鲜嫩，鱼虾螺蚌丰富，水鸟很爱栖息在这片草洲。附近村子的村民，在草洲上架丝网，捕鸟。网一般是晚上架，清早收。有一次，李昌仕撑船去瓢山岛附近的湖里捕鱼，见鸟网把瓢山岛全围住了。瓢山是个小岛屿，约一平方公里，距离龙口村约十五公里。在丰水期，瓢山半沉于水中；在枯水期，瓢山完全露出来，像一艘停泊的巨船。瓢山有丰富的植被，郁郁葱葱，是候鸟夜宿的理想之地。但瓢山远离人烟，成了捕鸟人偷猎的“首选之地”。李昌仕爬上瓢山，拔鸟网，整整拔了半天，堆起来，比柴垛还高。他从渔船里拎了一桶柴油，浇在网上，一把火，把鸟网烧了。

　　鸟网上，挂了十几只死鸟，羽毛零散，翅膀折断。李昌仕把鸟埋在了土里。他心里有说不出的难受。鸟从万里之遥飞到了鄱阳湖，却死在一张网里，逃脱不了捕鸟人的毒手。他一边埋鸟，一边默默流泪。

龙口人世世代代是渔民，晚上撒网，早上收网。他们迎着日出，出湖；送着日落，晚归。湖养育了龙口人。李昌仕和朋友合伙买了一条渔船，出没在风波里。每次出湖，李昌仕都多带两件东西，一件是铁铲，一件是镰刀。

　　在鄱阳湖区，偷猎天鹅大雁，也十分常见，尤其在20世纪90年代初期，浙江、广东等地不法商贩，来到鄱阳湖区，大量收购天鹅、大雁等野生动物，运往沿海发达地区，赚取高额利润。湖区少数不法分子，便以猎鸟为生。李昌仕在草洲，也常见鸟网，一排排挂起来。

　　有一次，他正在割鸟网，被网鸟人看见了。网鸟人是邻村的熟人，他咄咄逼人，问李昌仕："你凭什么割我的鸟网，你要赔一副鸟网给我！"

　　"网是你的，鸟不是你养的，鸟属于鄱阳湖，你非法捕猎。"李昌仕说。网鸟人拉开架势，想和李昌仕动手。李昌仕四十出头，一副好身板，撩起衣袖，说："打架，我从没怕过谁，你敢动手，我就把你撂倒在这里，你一个偷鸟人，也敢跟我动手？"

　　1996年10月，龙口村村委会组织成立了老年护鸟协会。协会有会员十五人，年龄都在四十岁以上，主要职责是看护龙口村辖区内的冬候鸟。四十岁的李昌仕是最年轻的一个。

从这一年开始，每逢冬候鸟来临，他一个人扛起铁铲，带上干粮（面包、泡面、馒头）和两包香烟，背一个水壶，腰上插一把镰刀，去瓢山岛、长山岛、珠山岛护鸟。这几个岛都是小岛，单个岛屿面积仅一至三平方公里，但树木苍郁，茅草葱茏，是候鸟的主要营巢地，距龙口，有十多公里。李昌仕隔天去巡查一次，巡查一次至少要走七个小时滩涂或沙洲。

在李昌仕家里，我见到了他的水壶：不锈钢外形，套了一个黑皮套，皮套上有一条黑带子，可以背在肩上。水壶足足可以灌一升水，保温半天。李昌仕说："雨靴、水壶、雨衣、香烟、铁铲、干粮、打火机、镰刀，每次出门检查一遍，一样不能落下。铁铲既可以埋死鸟，也可以防身。"以前，他不怎么抽烟，可他一个人走在一眼望不到边的沙洲上，草枯草黄，忍着寂寞，只有抽烟。

他早上八点出门，到了傍晚才回家。巡护了一个多月，他的爱人李九枝对他意见很大，常常数落他："家里的地你也不种，孩子长大了，要娶媳妇，处处都是用钱的地方，你也不去赚钱，这日子怎么过下去？"李昌仕是义务护鸟人，没有一分钱报酬。他理解爱人的想法。每次李九枝数落他，他弥勒佛一样笑哈哈，安慰他爱人："孩子大了，自己会去挣钱，钱哪挣得完呢？可以过日子就行了。可鸟被人网住了，或者被人投了毒，鸟便死了。死一只少一只。有人架网，有人投毒，鸟第二年再不会来。鸟不来，鄱阳湖没了鸟。没了鸟的鄱阳湖，就不是鄱阳湖。"

鄱阳湖的天气，变化莫测。早上是暖暖的冬阳，到了中午，乌云盖顶，暴雨倾泻。草洲没有路，每一次走的路线，也不一样，外地人不敢进入湖区草洲，怕在雨中迷路。李昌仕不会迷路。暴雨之后，便是猛烈的寒风，呼呼呼，整个草洲卷起一团团的风声。

风是寒风，刮骨般，吹在脸上，似乎可以把肉割下来。李昌仕戴一顶大棉帽，把头裹起来。雨后的草洲，黏湿，泥浆裹着雨鞋，每走一步，都十分艰难，双脚像灌满了铅，回到家里，已是摸黑了。

村里有人取笑李昌仕，说："你冒寒风暴雨巡查，一个人走十几个小时，没一分钱回报，你不是想当国家干部了吧？"

有人说得更恶毒："政府是不是每年发奖状给你，奖状可以当人民币用，以后娶儿媳妇没钱，奖状可以当聘礼啊？"

也有好心的人提醒："李昌仕啊，防身的东西要带上，我们这一带，野猪多，野猪可伤人了。"

村里取笑他的人，他不理睬，他淡淡说一句："我不想看到鸟死在鄱阳湖。"

他走遍了草洲，一个冬季下来，没人架网，没人投毒，候鸟在来年4月，平平安安地回到了故乡。村里再也没人取笑他了。他老婆也不数落他了。

2002年，老年护鸟协会名存实亡，除了李昌仕，再也无人巡查护鸟。护鸟人是孤独的人，在寒风雪雨中，独走天地间。像鄱阳湖边的牧人，放牧着孤独和寂寞。

2003年春，村里大部分青壮年去浙江、上海、江苏、广东等发达地区赚钱，或进工厂，或做手艺，或做小生意。李昌仕的同胞兄弟也在浙江赚钱。在城市讨生活，虽然艰难，但和捕鱼相比，还是要轻松一些，来钱也会快一些。他两个儿子也在浙江做事。李九枝比李昌仕小一岁，对他说："我们去浙江找事做，得积攒一些钱。"李昌仕说："我得想想。"

想了一个月，也没给他爱人李九枝答复。李九枝说："我知道你的想法了，你不会外出挣钱了，天塌下来，你也不会离开龙口，你舍不得天上飞的鸟。"

2006年初夏，身强体壮的李九枝突然得了脑梗，幸好抢救及时，命留了下来，但半身不遂，没有了行动能力。李昌仕种地烧饭，照顾爱人。他哪儿也不去了。秋冬交替之时，候鸟来了，李昌仕把女儿叫回了家，帮忙照顾爱人——他放不下鸟，他得去看护鸟。为了候鸟，再大的生活困难，他都要克服，他一个人克服不了，请全家人来共同克服。

2008年1月10日开始，南方连降暴雪，发生大面积特大冰雪灾害，鄱阳湖浅水区完全冰冻了，沙地和草洲满是皑皑白雪。没膝深的积雪，铺得天地茫茫如白野。村里的树，被雪压断，倒了一片。村里的人窝在家里，再也不出门。李昌仕穿着厚厚的大衣，扛着铁铲，去沙洲了。雪大，盖住了草，天鹅、灰雁、灰鹤、鹤鹬、凤头

271

麦鸡很难觅食。这个时候，假如有不法分子给鸟投毒，鸟会大面积死亡。李昌仕天天冒着大风雪，去广袤的草洲，走瓢山岛，走珠山岛，走长山岛，一趟来回，得走十几个小时。回到家，他都冻成了一根冰棍，疲倦得一句话也不想说。

冬天的鄱阳湖草洲，食物丰富，除了鸟类，还有野生哺乳动物来觅食。野猪成群结队，神出鬼没，拱草地下的植物块茎吃。狐狸和鼠狼也会来，在草洲打洞安家。2017 年冬，李昌仕去瓢山岛，走到草洲中间地带，突然闯出一群野猪，有十几头，领头野猪的獠牙像两把钢刀。野猪张开嘴巴，噢，噢，噢，叫得人心惊胆战。野猪追着他跑了好几百米。

因为守护候鸟，李昌仕离开龙口村，从来不超过两天。去年他在江苏的外甥女结婚，他待了一个晚上就回来了。亲戚间十几年难得走动一次，想多留李昌仕几天，去苏州扬州走走看看。李昌仕谢绝了，说："候鸟多，一天不看，睡不着。"他一天倒了三趟车又回到了龙口村。

李昌仕已有十余年不出船捕鱼了。他身体很健旺，壮实。他是个乐观的人，说："我看到鸟满天飞，比什么都开心。任何鸟都好看，任何鸟声都好听。我喜欢做快乐的事。"

2018 年冬天，李昌仕去瓢山岛、去外湖区护鸟，多了一个伴。这个伴只有十四岁，叫李小龙，一个初中生。李小龙是他孙子。每次去护鸟，他都给孙子讲鄱阳湖的故事，讲鸟的故事。他有讲不完的鄱阳湖的故事，鸟的故事。李小龙听得津津有味。在茫茫草洲，一老一少，一高一矮，天地之间，他们显得无比亲密。

见了李昌仕，我便很想和他一起去瓢山岛，去茫茫的草洲，我盼着深秋早日到来。我翻着日历，算着节气，秋分之后，冬候鸟驾着风船，来了。

深秋的鄱阳湖，露出了无边无际的草洲和深黑色的滩涂。草半青半黄，风逐草浪。在草洲和滩涂之间，有弯曲悠长的浅湖，像无源之河，在晨光下，泛起霞色。天鹅在浅湖吃着蔍草。豆雁在沙洲掠着翅膀，"嘎儿，咯儿"叫。李昌仕也"嘎儿，咯儿"应和。

我说："你会说鸟语吗?"

他侧过头，看看我，说："鄱阳湖上，绝大部分的鸟叫声，我都能模仿，听多了，就会了。"他蹲在草丛里，缩紧喉管，继而又张开喉管，鼓起腮帮，吹着鲜嫩的草叶——啊儿，啊儿，啊儿，啊儿啊儿啊儿，啊儿，啊儿，啊儿——他摇着身子吹。他把腿脚弯成了箩筐圈，半蹲下身，吹得头发都竖起来。他吹着吹着，三只灰鹤从滩涂飞了过来。

我惊讶地看着灰鹤。李昌仕说，一个人在草洲走一天，除了鸟叫声和风声，没其他声音，听鸟叫，比听人说话还熟悉。

"鸟的表情，鸟的叫声，我可以读懂。"李昌仕说，"鸟的性灵和人的性灵相通。"我想起艾米莉·狄金森的诗歌《如果我能让一颗心不再疼痛》：

> 如果我能让一颗心不再疼痛，
>
> 我就没有白活这一生；
>
> 如果我能把一个生命的忧烦减轻，
>
> 或让悲哀者变镇静，
>
> 或者帮助一只昏迷的知更鸟
>
> 重新返回它的巢中，
>
> 我就没有白活这一生。

"因为你，百余平方公里上的候鸟，免于遭人毒手。你太不简单，也太不容易。"我说。

　　"没有鸟的鄱阳湖，哪叫鄱阳湖呢？鸟是天上游的鱼。"李昌仕说。他跺了跺雨鞋上的烂泥，又说："只要我的腿骨没坏，我会一直走下去。这是我对自己的交代，也是对候鸟的承诺。"

　　朝阳升起来了，浅湖上霞光在荡漾。草洲无边，我们加快了去长山岛的步伐。

# 红嘴鸥送客别岱山

决定去岱山观鸟。

2019 年 9 月 20 日，阳光如皇菊。上饶三清山机场至舟山机场，有支航班线，上午 10：20 起飞。因为航班延误，到舟山三江码头，已是傍晚，赶上最后一班渡轮。到岱山已是华灯初上，灯影叠叠。迎接我的，是突然而至的九级台风。

翌日，参观岱山，台风卷着人跑。我见过台风，可没见过如此威猛的台风，呜呜呜，风声如海啸。树木全被压弯了，街上一个人也没有，暴雨倾泻。一天下来，我一只鸟也没看到，哪怕一只麻雀。是的，哪会有鸟呢？台风过处，万鸟飞绝。

22 日，岱山派出渔政船，把我们（三十余名作家）

送出岱山港。风烈，如群马嘶鸣。舟山群岛像个不规则的棋盘，一个个小岛如棋子。岛上植被以灌木和茅草居多。松也是矮松，婆婆娑娑，树冠早早趴下来，形成一个像遮阳伞的冠盖。高大树木，在台风肆虐的岛上，会被风折断。岛屿多岩石，地质坚硬，所长树木皆为硬木。木以硬抵抗风的巨大暴力。岛屿如漂浮在海洋上的一片荷叶。似乎台风，可以把岛屿吹移，像吹移驳船，甚至倒扣过来。

船驶出港湾，我们躲在船舱里，说话的人也稀少了，只静静地看着窗外。窗外下着稀稀的雨。雨丝绵绵如细丝渔网，铺天盖地遮下来。船晃动，如一根浮木在水上打滚。船犁出的海浪，哗哗飞溅上来，洒在窗玻璃上。水珠击打着玻璃，沙沙沙，如飞沙。我靠着窗户，水珠每泼洒一次玻璃，我身子便不自觉地向后歪倒一下，似乎水珠会打在我身上。船两边翻出的海浪，高高抛起，又落下；落下，又被高高抛起。

船尾站着三五个人，冒着雨。他们在啊啊啊地大叫。他们兴奋地举着手，晃着身子。船颠簸一下，他们大叫几声。

诗人庞白和诗人谈雅丽也走到船尾,站在甲板上。我也去了甲板。

甲板堆着一堆蓝色的绳索(缆绳)。绳索粗粗的,卷起来,像盘起来的蟒蛇。船颠簸一下,海水翻上来一次,涌上甲板,又倒泻进海里。水珠飞溅,水珠击碎水珠,水珠成了水沫星子。水沫星子白雾雾的一片。我们也啊啊啊大声叫着。群岛列阵,空出来的地方被海水填满。海面涌着波浪。大海也会苍老,桑田不再。波浪是古老的皱纹,在雨中,以消失的方式出现。有几个人,在甲板上迎着雨浪跳舞。

这时,一只白色的大鸟,在海面上盘旋,时而迎着船掀起的海浪,时而逆着台风。它宽大的翅膀,像张起的船帆。很多人惊叫了起来:你们看,白色的海鸟,白色的海鸟!他们张开臂膀,大声地惊呼着。我猜想,他们张开双臂,是把自己幻想成可以飞的大鸟了。

跳舞的人,停了下来。他们侧过身,看着大鸟。雨珠在海面炮仗一样炸开,溅起密密的细泡。"这是什么鸟呢?"有人问。

"可能是海鸥吧。"有人答。

"可能是海鸥，那么白。"

"会不会是信天翁呢？信天翁是最勇敢的海鸟了，可以在海浪上睡觉。"有人说。

"是红嘴鸥。"我说。

"管它是什么海鸟。迎着海浪搏击的鸟，配得上大海。"不知谁这样说。

"有很多海鸟，会搏击海浪。以前，我出海的时候，经常见到海鸟，和风暴一起飞。"庞白说。他做过多年的船员，他和海鸟一样，曾与大海共生。

船弯过了岬角，驶向更宽阔的海面。红嘴鸥绕着椭圆形的大圈在飞。它出现在眼前，我瞬间认出来了，不是燕鸥，不是浮鸥，不是海鸥，它是红嘴鸥。它全身羽毛如灰雪，尾羽如扇，身如棒槌，翼展如席。它喙短而尖，如镊钳，喙和脚赤红色，全身有三处黑，眼黑，喙钩黑，翅尖黑。

我不知道这只红嘴鸥是从哪儿飞来的，又将飞到哪儿去。红嘴鸥是小群活动鸟类，三五只一起觅食，分布极广，在丘陵、平原、森林和荒漠或半荒漠地区的河流、湖泊、港口、鱼塘、河口，均有其栖息的身影。小群在一起营巢，从几对、十几对到上千对，集中在一起繁殖。巢多置于岸边草丛或芦苇丛中，或置于水中漂浮的芦苇堆或其他物体上，也在沼泽中的土丘上和岸边石滩上营巢。巢浅碗状，由枯草构成。每窝产卵通常三枚，少则两枚，多至六枚。卵的颜色为绿褐色，淡蓝橄榄色或灰褐色。雌雄轮流孵卵，孵化期20—26天。

和其他一般水鸟不同的是，红嘴鸥爱在大海飞翔，和信天翁、加拉帕戈斯鲣鸟一样，翅尖长，善飞行，善游泳，善于捕捉鱼类，爱搏击风浪，也爱尾随船只。很多海鸟，喜欢尾随船只，因为船航行时，会把水下的鱼翻上来。鱼是它们最肥美的食物。船成了它们的捞鱼器。很可惜，我没有在大海上经历过长途远游，也无缘见识。

红嘴鸥是在南方越冬的冬候鸟，主要越冬地在云南昆明，常和海鸥等其他鸟类混杂在一起觅食，千万只，蔚为壮观，春季飞往中国东北以及西伯利亚地区繁殖，冬季返回中国南方。因它体形、毛色与白鸽子相似，习惯于水生活，俗称水鸽子；因它善于捕食鱼类，又称钓鱼郎；它欢叫起来，嘎吱嘎吱，如爽朗的笑声洒遍湖泊，因而，又称它笑鸥。在南方，部分红嘴鸥成了留鸟或夏

280

候鸟。每年夏季，成千上万只红嘴鸥，在三峡水库栖居。

我没有想过，在岱山，在启程离别的海上，会遇上红嘴鸥。这是我在岱山，唯一见到的鸟，在最后一刻，见到了它。它掠过雨雾，贴着海面，和渐渐弱下去的台风一起飞。在宽阔的岬角，它孤身随风翩翩。

船哗哗哗，犁开灰蓝的海，水浪向两边翻滚。雨越下越大，风越来越急。红嘴鸥弯过海岛，不见了踪影。站在甲板上的人，被风吹得缩紧了身子，退回船舱里。

庞白兄讲起了他曾经在海上生活的故事，讲船吸，讲海难，讲灯塔。我静静地听。但我一个故事也没记下来。我没有心思听有关大海的故事，也没有心思听别的故事。我静静地听，安静地看着他说话。至于他说了什么，我没入耳。他靠着船窗，他的脸遮了半个海岛。那里正是红嘴鸥不见踪影的地方。我期盼它从海岛湾口飞回来，我的视线便一刻也不离开。

船剧烈地颠簸，晃动。晃得船舷两边的海水，哗啦，哗啦，哗啦，响个不绝。船舱里，安安静静的，已无人说话，即使说话，声音也是低低的。可能是海浪越来越高，也可能是被颠簸得疲倦。也或许，面对大海，唯有沉默。

大海沙哑的声线，有一种震慑的力量。

我每年都会见到红嘴鸥。在 11 月之后晦涩的冷冬，我在赣东北乡村的河边，或湖边，尤其在阳光明媚的下午，红嘴鸥在水上盘旋，一圈一圈地飞。它飞得并不快，也不激烈地颤动翅膀，凭借空气的浮力，它张开扇面一样的翅膀，静静地滑翔，俯瞰着水面。三两只，在人烟稀少的山中湖泊，或在寒风起伏的长河边，它们像不问人间的僧侣，穿着白色袍服，做着山水课。

我一直以为红嘴鸥是十分温和的鸟，就像鹂鹛一样，只在不被惊扰的水域繁衍生息。然而鸟有时和人一样，有双重性格或多重性格。温和敦厚的人不意味着没有惊人甚至持续的抗争力；作为长期长途飞行的鸟，必须有抗击恶劣天气的能力。这和我们的一生旅途相似。我始终没有看到红嘴鸥再次出现在海面，但已无遗憾。临别岱山，我被这只孤鸟，深深震撼了。它作为天空的使者，在疾风大浪中送别舟客。

# 南明湖的鸟群

　　流经仙霞岭山脉的瓯江，越崇山峻岭，长途奔泻，在莲都偃卧了下来。江水缓缓，如一群旅途疲倦的马，踢着蹄子，打着咕噜咕噜的响鼻，在平坦的丽水盆地，安静地吃着青草。马闪亮的毛色浸透了夕光，肥壮的体形如春雨的池塘。

　　丽水盆地是丽水市的主要农业区，群山延绵，山峰如笋突兀。山体斜缓，郁郁葱葱。瓯江是浙江第二大江，在水路发达的年代，商船如梭，帆影叠叠。这是一条奔腾的血脉，千古不息。瓯江滋养着数百公里长的两岸土地，也养育着代代子民。

　　丽水南郊约两公里处，是有"括苍之胜"美誉的南明山，其与丽水城隔瓯江相望。刘禹锡在《陋室铭》所言"山不在高，有仙则名"，很是符合南明山。南明山海拔百来米，算是个矮山冈。"仙"便是南明深厚的摩崖石刻文化和佛教文化。山中高阳洞，洞壁上有沈括、孙沔的题刻，山顶云阁崖刻有传为葛洪书的大字"灵崇"和传为米芾书的大字"南明山"。在山谷里，有创建于宋代的仁寿寺。雨时飞瀑流泻，山谷泉水叮咚，印月池锦鲤似繁花簇拥，老树擎冠盖于苍天，石阶弯于丛林，鸟鸣不绝于耳，绿荫低垂。可谓是访丽水，必访南明山。

在苏埠至开潭电站大坝段，瓯江因开潭水利枢纽的蓄水而形成一个巨大的人工湖，湖区水域面积近六平方公里，凭南明山之盛誉，名南明湖，好溪和宣平溪一并汇入湖中，如银河之双虹星系。丽水成了湖城，城中有湖，城外有山，秀山丽水。站在南明山，俯瞰南明湖，如盈月置于中天，静美，闲雅。

最近一次去丽水，是在 2019 年初冬。阳光谷黄色，盆地四周的群山如一幅吹塑版画：山尖裹着凝重的深褐色，山坡一片毛茸茸的墨绿，山边则是芭茅枯萎之后的肃黄，散落的村落隐在江岸的树林里。我在丽水有观鸟的经验，我知道在初冬时，越冬的候鸟已大批聚集在瓯江的江心洲或江边湿地。这次去丽水，我便直扑南明湖。在我的预想中，湖中已是鸥雁盘旋，鸭鹊争鸣，千万羽齐飞。明净的湖，食物丰盛，草木葱茏，是候鸟最理想的越冬地。

傍晚时分，我到了南明湖，沿着千米长的步行道，往古城岛漫步而去。古城岛约四百亩，呈三边形，东南边是一座荒丘，东北边是一座矮山，山与山之间，有一个豁口，连接步行道，成了通道。古城岛是南明湖"皇冠上的夜明珠"。夕阳将落，湖面平静如镜，湖水映着浅淡的桃花色。一只白鹭沿着江心飞，从上游往下飞，奋力振翅，咯——咯——叫得十分孤独。作为夏候鸟却成了留鸟的白鹭，就像鸟群的遗孤。

与我预想的景象形成强烈反差的是，我在古城岛四周的湖区，竟然没看到一只越冬候鸟。为什么会这样呢？

古城岛有两百来亩临时菜地。三个农人在给菜浇水，一个妇人在割卷心菜。一个妇人蹲在地上，剥菜叶。她扬起脸，对我说："自己种的有机菜，格外好吃。"我看了一下，地里种了香葱、卷心菜、白菜、生菜、花菜、萝卜、大蒜、芫荽、菠菜、荠菜等十几个品种。菜地里有很多鸟在吃食。临近黄昏了，日坠山梁，视野里一片虚蒙蒙，淡雾从湖边散过来。鸟并没有归巢，叽叽叽地叫。我绕菜地走了一大圈，见觅食的鸟，大多是长尾山雀、宝兴歌鸫、斑文鸟、山麻雀等。我问一个正在给生菜浇水的大叔："湖里怎么没看到水鸟呢?"

"以前夏天，湖边树上落满了白鹭，这几年少见了。冬候鸟也来得不多，今年都没怎么见。"至于冬候鸟为什么少见了，大叔也说不出所以然来。

古城岛的西南边是一条樟树茂密的长约两百米的湖岸。我沿着湖岸徒步。湖面已荡漾起城市投射过来的微光，对岸不远处的山梁如马背，起伏有致的曲线勾勒出冬日暮色的苍茫。或许是黄昏来得太快，鸟已归巢。也或许，樟树林里，并无鸟栖息——湖面涌上来的江风，有些汹涌，树梢晃动，发出沙沙沙的声响。

东北边的矮山，悬着瘦石嶙峋的石崖，无路可上。石崖披着枯瑟的拂子茅和矮小灌木。山崖有三百米长，是雀莺筑巢之地。东南边的矮山，樟树参天。我看见黑卷尾分三群，投入了林子。在踏入古城岛时，我便注意到了黑卷尾——它们从种了芦笋的池塘边飞起来，斜斜地飞高，呼啦啦，入了林子，没了声音。一共有八只。

这里怎么有这么多的黑卷尾呢？黑卷尾喜结群，爱啼闹，爱逞凶斗狠，也因此被称为黑黎鸡、篱鸡；喜爱生活在山麓，以及临水的树林，在低地林草间、比较隐蔽的菜地觅食，以蚯蚓、蚂蚁、蝼蛄、蜻蜓、蟋蟀、蝗虫、胡蜂、金花虫、蝉、天社蛾幼虫、蜻象、夜蛾等为食。我们通常看到站在电线上通体黑色，上体、胸部及尾羽散发辉蓝色光泽，"嘘儿，嘘儿，嘘儿"鸣叫的鸟，就是黑卷尾了。

翌日凌晨，我再次来到古城岛。湖水平阔，略带寒意的风轻轻掠过来。在入古城岛的山口处，两个年轻人在钓鱼，一人支起三根钓竿，盘腿坐在步行道边，抱着书翻看。在临湖的山边，长了密密的芦苇。芦苇枯萎，倒伏，大半芦苇秆漂在水面。我看见一群小䴙䴘在芦苇丛的前方游来游去，像童话中的七个小矮人。这里江面抬升，成了湖，把原来江边的草滩淹没了，涉禽不会来深水区觅食，但游禽或许多了起来。这个想法，闪过脑海，我有些兴奋，快步走到古城岛的西南边湖岸。樟树下，可以远眺湖面，视野开阔，人也被树林隐蔽了起来。

果然，我见到豆雁在湖中央觅食，安静地逐着水波。豆雁有十几只，呈半扇面，往下游游去。两只小天鹅，从对面的湖岸，斜斜地往上游飞，边飞边叫。我估计它们的营巢地在不远处的草地里，它们刚刚离巢，追着小天鹅群，去有蘽草的地方觅食了。

　　这真是令我惊喜不已。

　　我沿步行道侧边的公路，溯江而上，一路走走停停。停下来，我就进入湖边林子里，向湖面搜寻冬候鸟。这是我第一次沿湖岸，作这么长距离的观鸟。湖岸木深草华。我曾在夜晚，和鲁晓敏诸友，一起徒步城区湖岸，赏夜景。初冬夜，湖面灯光荡漾，泛白的光影和醺红的光影彼此交融，很是让人沉醉。南明湖畔有两塔，巾山古塔和厦河宝塔，都有近五百年的历史。我们夜游古塔，俯瞰丽水城，繁星之下，城如莲花绽放。

　　越往上游走，湖水越浅。瓯江巨大的江石露出水面，河床呈长凹型，完全袒露了出来：宽阔，弧弯型。白亮亮的水在奔腾。岸边是高大茂密的枫槐、樟树、青冈栎、苦槠；不多的几棵乌桕树，树叶飘黄，像飘在大地上的黄头巾；略矮的树木，是垂柳、槐柳。在林子与江面交接处，一半是石滩，一半是草地。草地潮湿，有水坑和烂泥塘。可见的水鸟及其他生活在水边的鸟类，越来越多：白骨顶、长嘴剑鸻、针尾沙锥、斑头雁、小天鹅。

但我始终没看到大的鸟群。几十只甚至上百只的鸟群，在江滩湖滩觅食的场景，没有看到。通常大批候鸟来到丽水的越冬高峰时间，是11月中旬。我28日到达丽水，怎么冬候鸟并没我预料的这么多呢？是什么因素影响了这个时间节点？会不会是长达四个多月的南方干旱，全国大范围内，气温一直没有走低，推迟了北方候鸟来南方的时间呢？

临近中午，我站在南明湖边，给候鸟专家雷先生打电话，询问情况。雷先生说，越冬候鸟来南方，推迟了半个月，正在迁徙的路上，高温影响了迁徙时间。我一下子释怀了——迟到的远方来客终究会依约而来。

# 囚　鸟

打开办公室的门，一只小鸟站在矮棕竹上吱嘚嘚，吱嘚嘚，吱嘚嘚。哪来的鸟呢？我看看，门窗也是紧闭的。我把门打开，烧水泡茶，这是近二十年的习惯——我喝足了水才进食。

鸟在办公桌、窗帘布上，蹦来蹦去，根本没飞出去的意思。我用手赶它，它站在书架上，吱嘚嘚，声音细而明亮，我明显感觉到它细细尖尖的舌在快速地颤动，像一片笛膜。第二天，它还在办公室。其实办公室也没它吃的食物，我用一个网兜把它捉了，放进鸟笼。我不认识这是一种什么鸟，声音柔美，嘚嘚嘚嘚，压低嗓音唱歌，悠扬婉转。其实，我第一眼便喜欢上这只美丽的小鸟：腹部鹅黄中间浅红色，黑短尾，背部橄榄绿沾黄，喙棕红，眼圈边有一圈鹅白，头上部棕色，翅羽从石榴红渐变到浅灰色。

办公室毗邻山冈，常有鸟儿光临，一般是麻雀，大灰雀。有一种雀，叫不上名字，黑白两色，眼圈外有一个圆形白圈，翅膀全白，眼翅之间有一条白带连接，其他羽毛全黑，它在窗台上跳几下，飞到办公室地板上，转过头，看看我（想必是在试探我），又跳到办公桌上，吃我的葵花籽，有时我泡茶，它跳到茶桌另一个位子上，斜过脖子，昂起头，看看我，我手伸过去，它唧唧喊喊，飞走了，一会儿又回来。我一边喝茶一边看它神气活现的样子，心里美滋滋的。

我几乎不养鸟。在十五岁那年有过一次养鸟经历——我老家院子门口有一棵粗大的香樟树，一次一只练飞的猫头鹰掉在树下的稻田里，浑身裹着泥浆，我捡拾起来，放在鸟笼里养。我父亲说猫头鹰吃荤不吃素，要喂鱼或蚯蚓，才能活。我挖了一罐蚯蚓，搁在笼里，它也不吃。我抓来小鱼，它还是不吃。我又捡螺蛳，它仍然不吃。看它，它歪着头看你。手伸进鸟笼，它扑扇翅膀，啄手，把皮肤啄出一个小孔。它不叫也不喝水。饿了三天，死了。我看着它死的。它站着，扇起翅膀，扑向笼子的栏杆，头拼命地摆动，扑了十几次，不动了，头扬起来，翅膀完全张开——僵硬了，以飞翔的姿势。

来浦城后，常有捕鸟人来我这儿，也送一些鸟来，大多是活鸟。我叫小汪买了三个鸟笼，把鸟关一下，听听鸟叫声，再放鸟回山林。一个笼子是绿塑料的，我嫌弃，觉得鸟怎么可以和塑料在一起呢？岂不类似于旗袍美女穿解放鞋吗！又买了一个竹笼子，白色，窄小，鸟活动空间太小。再去买一个实木的，鎏金紫色，像座皇家佛庙。这三个鸟笼，关过好几只鸟。第一只是一个捕鸟人送来的，他说，这只猫头鹰凶猛，啄人。我说，哪是猫头鹰呢，是雕鸮，麻色羽毛，眼角有一撮绒羽耸起来，像猫耳朵。我把它关进了笼里。雕鸮差不多有半斤重，翅膀宽大，我特别喜欢它的眼神，有力，专注，摄魂掠魄。它在笼子里毫不安分，跳得挂在梁上的笼子摇摇晃晃。它鼓起翅膀，站起来，像一艘破浪航行的帆船。我在笼前守了小半天，也没听到它的叫声，令人沮丧。第二天，我早早去看它，傻眼了，它耷拉着脑袋，羽毛凌乱，死了。我真是想不通，生命力旺盛的雕鸮，怎么隔一个晚上就死呢？我调出监控视频，更傻眼：它用头撞笼子，拍打着翅膀，像是它和一个恶魔居住在一起，惊恐无比，直至昏厥而死。我很是懊悔，不应该养它，白白断送了一个活蹦乱跳的生命。过了几天，捕鸟人又送来一只鸟，长得和雕鸮差不多，只是眼角上没有绒羽，体形只有雕鸮的一半，哦，短耳鸮。短耳鸮傻呆呆的，可能是被冻伤了。我把它放到矮屋顶上，它也不飞。我端了一把椅子坐下来，看着它，怕它被猫捉了。扔了几条肉丝在瓦上，它也不吃，我驱赶它，它挪几下步子。晒了两个多小时的太阳，短耳鸮蹦跳了几分钟，飞走了。雕鸮和短耳鸮，都属于猛禽，常在山林出没，夜间贴地面飞行，捕食老鼠、蛙、野兔、蛇等。在夜间，它的叫声阴森恐怖，哇——啊——像哭丧人的长哭。不明就里的夜路独行人，听了会毛骨悚然。

养过半天的金翅雀，有八只，分养在两个笼子里。金翅雀嘴巴肥大呈粉红色，羽翼麻黄色，腹部中央鲜黄色，胸部浅黄浅灰。这是山区常见的雀鸟，栖落在山区松树林，在松树或杉树杈上筑巢。在溪边，在农田，成群结队，啄食植物种子。这是一种争强好胜又合群的鸟。

它们会互相抢食谷粒，在笼子里，用翅膀相互推搡，吃完了，又紧紧挤挨在一起。叫起来，喔喔喔咯。咯，声调像饭后的饱嗝。还有锡嘴雀，它喜欢吃小干果，啄一下甩一下头，眼翻动一下，调皮顽劣贪吃。然而它是很刚烈的鸟，别看它只有两个拳头那般大，不停地用喙啄笼子的栅栏，手伸过去，它使劲啄，恨不得把手啄穿。但它的叫声确实动人，哔——喊——哔——喊——

窗前的山冈，有太多的山麻雀和大灰雀。山冈呈隆起的圆锥形，长着密密麻麻的苦竹、野山茶、矮松、山毛榉、野蔷薇，还有少许芭茅。人走去，雀鸟们会嗖地从树丛苦竹中飞出来，嘎嘎嘎，嘎嘎嘎，边飞边叫，沿水波浪的弧形飞，落在另一个坡上。10月初，一个傍晚，我看过数量最多的一群，从山坡上跃起群飞，足足有几百只。麻雀是智商比较高的鸟，与人比邻，活跃于生活区的树上、草丛里，吃食人遗落的谷粒、米饭、面包，以及草籽。但它能明辨什么地方可以去，什么地方不可以去，比较难以捕捉。而大灰雀笨头笨脑，嘎嘎嘎嘎，飞的时候喜欢说悄悄话，根本顾不上前面有一张网挡住了去路，扑上去，再也下不来。捕鸟人最常捕捉的便是大灰雀。我养过几次大灰雀，一般养两三天，放回山林。我有时提一个空鸟笼去山林，看守门房的老庄说："你把鸟的监狱提在手上。"我说，这个监狱是无人看守的监狱，最多坐牢两天。大灰雀睡觉怕光，夜晚来临，有一个灯亮着，它会慌张地在笼子里跳来跳去。也怕人，人一靠近，它也慌张地扑扇小翅膀。它们喜欢热闹，几只一起养，叫喳喳，像是妇人在赶集的街头遇上几个相熟的人，絮絮叨叨，连吃饭都忘记了。

我十来岁时，就会捕鸟——在后厅的地上，撒一把饭粒，用一个竹筛子罩住，两根小树枝撑起筛子，一根麻绳绑在树枝上，麻雀落在厅里觅食，跳，跳，跳，进了筛子底下，我躲在弄堂角，拉动手上的麻绳，筛子罩下来，麻雀啪啪啪，在筛子里惊吓挣扎。有一种鸟，我叫不上名字，喜欢吃酱。我们做酱，是用青豆蒸熟，晾晒，发酵，放到一个土缸里。土缸用一个有密密麻麻小孔的竹垫子盖住，透气透光。鸟来了，站在竹垫子上，把长长的喙伸进去，吃霉豆子。霉豆子既咸又辣，它吃一下，甩一下头，似乎在说：美味呀，只是辣了一点。吃酱的

鸟尾巴全白，头部全白，其他全黑，有长长尖尖细细的
喙。我把一个畚斗挂在土缸上面，它吃得忘乎所以的时
候，我松一下绳子，把它罩住。还有一种鸟，我们当地
叫石灰雀，爱去村野茅房，吃污浊之物。我们把房门一
关，它往窗户跑。窗户外有一个篓筐套着，它便进了篓
筐。这种孩童时代的游戏，是始终不会忘记的。邻居十
一，年长我三岁。他养过一只八哥，他去砍柴，八哥落
在他肩膀上，一起去。他去游泳，它也去戏水。他去割
稻子，它也去食谷粒。一次，他做豆腐，八哥站在灶台
上，不小心落到锅里，烫死了。这是我见过的最温顺的
鸟了。


　　天寒，会有鸟儿飞进来，取暖。常来的是山麻雀。
嘀嘀咕咕地乱叫，在办公室飞来飞去，人进办公室，麻
雀惊慌失措。上一次在办公室捉到的鸟，我叫不上名字，
身子与鸭蛋相仿，头上有小指甲大的一圈白绒毛，翅膀
白色，背部浅棕黄色，其他深黑色。我翻看它的全部体
毛，发现所有绒毛根部是深黑色的，墨水一样，绒毛末
梢才变其他颜色。腿修长深黑，看起来，像穿黑色斗篷

的乡村骑士。这次捉到的鸟儿，我也是第一次见识。比我上一次捉到的鸟儿，华丽优雅。手上窝着鸟，鸟温顺，不挣扎也不叫，我把鸟关进鸟笼，几个工友围过来问是什么鸟。我说我也不知道。回到办公室，我查了两个多小时资料，才得知它叫红嘴相思鸟。真是名副其实。相思鸟，是恋人的代称。它吃白米，吃谷粒，吃松仁，吃葵花仁，踮起脚尖喝水。它叫声悠长，悦耳。我把饭桌摆在它跟前，一日三餐，我边吃边听它叫。过了一个星期，我把它放了，它呼地飞向门口死去的枯樱桃树，身子一翘一翘，头歪来歪去，顽皮地眨眼，吱嘚嘚，吱嘚嘚。它像是呼唤玩伴或情侣，也像是庆贺飞出鸟笼，那样兴高采烈。

事实上，笼里的所有鸟儿都是害相思病的鸟，思念自由的天空，思念朝暮相随的伴侣，思念无羁的飞翔，思念粮库般的丛林草泽溪边。一棵树，一丛草，一块溪边的石头，都是它们的天堂。每次把鸟放回山林时，我都会默默地站一会儿，看它们远去，消失在丛林或天空，怅然若失，欣然慰藉。

相思鸟，相思鸟。

它跃出枝头，飞向莽莽深山……

# 后记： 鸟给予我们渴望飞翔的心灵

2019 年 2 月 26 日，南昌青苑书店万国英女士发来邮件，让我谈谈在新冠肺炎疫情期间，读了哪些书，有什么感想需要分享。我把回答之文的其中一段整理如下：

《鸟儿不惊的地方》《大自然的日历》《加州的群山》《醒来的森林》是自然文学的经典之作。我读了这些作品，便觉得读当下中国的大部分自然文学类散文，是浪费时间。中国的自然文学散文作家，极大部分是坐在房间里写的，缺少长期实地考察、观察的体验，他们依凭"引经据典"（翻查资料），依凭"（过往的）生活经验"，在写。我们读到的当下的自然文学类散文，大部分素材雷同，缺乏鲜活和生命的质地。普里什文、约翰·巴勒斯、约翰·缪尔、梭罗等，他们百年前的作品，我仍读得津津有味。为什么？因为他们的生命与文字是同步的；他们的人格与文字没有分离。

可能有人会认为我这个观点有失偏颇。但我说的是实情。我也是"极大部分"之一。我越来越觉得，一个自然文学作家，尤其是散文作家，在实地调查、实践体验中写作，多么可贵，而不是圈在书本里圈在房间里"苦思冥想"。在写作中，作家把自己完全放下来，看到另一个自己，看到广袤的世界，这需要足够的真诚。更何况，散文是一种"直接把自己耗死的文体"。

自然文学的写作，不但要求作家有博物学的学养，还得有实际行动的能力和吃苦耐劳的精神。约翰·缪尔和牧羊人一起生活，和伐木工人一起喝酒，在山上睡觉。普里什文作为地理调查员，游历了俄罗斯严寒的北方。约翰·巴勒斯几乎在河畔山区度过了大半辈子。他们的经历，比他们的文字，更迷人，更让我惊叹。他们的文字，不是用手写出来的，而是用脚走出来的。文字是他们的脚印。

世界自然文学巨匠中，大部分作家是博物学家，如写《瓦尔登湖》的亨利·戴维·梭罗，写《杂草的故事》的理查德·梅比，写《低吟的荒野》的西格德·F. 奥尔森，写《静地之灵》的查尔斯·罗伯茨，写《论自然》的拉尔夫·沃尔多·爱默生，以及普里什文、约翰·巴勒斯、约翰·缪尔等。他们中有的有"听音识鸟"的本领；有的是卓有成就的地质考古学家；有的是地理学家、民俗学家、宗教研究家；有的是思想家……

反观新时期的中国自然文学，确实乏善可陈。当下，可称之为自然文学作家的，尤其是大家，我竟然只能说出屈指可数的几个名字。徐刚先生封笔多年，苇岸先生和胡冬林先生已故。代表中国自然文学高峰的作家，或"闭门封车"，或萧瑟凋零，不免令人唏嘘。当下我们的自然文学，还停留在变体异形的"深山游踪""海洋纪行""物候纪事"的阶段，真正意义上的自然文学，凤毛麟角。我的一位朋友，研究自然文学的，在做中国当下自然文学研究时，居然难以找到样本——可供研究的样本，实在太少了。

由于我们这几代人经历的社会变革，自然文学呈"贫乏"之态是一种必然。先知和启智者，还没到光临门庭的时候。但阳光会照亮任何一片裸露赤诚之地。我相信自然文学的春天，很快会到来，更何况我们古老的经典从来不缺对美好自然的歌颂："呦呦鹿鸣，食野之苹""蒹葭苍苍，白露为霜""好雨知时节，当春乃发生"……窃以为，热爱自然，融于自然，享受自然，是人类最高级的文明，无论工业文明如何发展，返璞归真的人之本性不会改变，物质发展到比较高级的阶段，自然文明会绽放炫目的光芒。人与自然和谐共生共荣，将是我们时代的价值观。

　　2018年冬，我去了浙江丽水九龙湿地；2019年初夏，我去了江西鄱阳湖。这两次远行，给我内心极大的震撼。九龙湿地在丽水市郊区，是一个河湾，经过改造和保护，生态环境日益转好，引来了中华秋沙鸭、鸳鸯等大量候鸟过冬。鄱阳湖是世界候鸟天堂，是白鹤的故乡，是东方白鹳的长居之地。十五年前，因湿地无限制的碎片化，因无休止的捕捞，因发展旅游而严重侵占候鸟栖息地，因不法分子的投毒，鄱阳湖沦为候鸟的"死亡陷阱"。这几年，江西省重拳打击捕猎候鸟的犯罪分子，逐步禁止捕捞，恢复湿地，自然生态日益修复，候鸟又多了起来。而栖息地的碎片化，难以逆转，候鸟越冬要达到三十年前的盛况，几乎不可能。这不能不说是鸟的悲剧，也是人类的悲剧。作为世界最大越冬候鸟栖息地之一的鄱阳湖，未来如何走，我并不盲目乐观。

2019年9月，江西省林业局给我派了一个差事，对鄱阳湖区的鄱阳县、余干县、进贤县、都昌县、南昌县等地的候鸟保护情况，进行深入的实地调查。为此，我在湖区走了大半个月，采访了各县的候鸟守护人，他们有的是野生动物保护站的工作者，有的是乡镇林业工作人员，有的是志愿者。志愿者来自各行各业，有农民，有乡镇私人诊所医生，有手工业者，有个体工商业主，有养殖户，有破产企业工人，有地方媒体记者，有拉货司机。我发现，少有知识分子和机关工作者，参与志愿活动。这是一个非常有趣的现象。相对而言，知识分子和机关工作者文化素质更高一些，但并不意味着他们对自然保护的觉悟更高。在余干县，一个以种田为职业的志愿者对我说，湖区的农民其实并不吃越冬候鸟，湖区鸭子和鱼很多，它们比鸟更美味，吃候鸟的人，大多是城里人，农民谁敢吃？

候鸟守护人过着比我想象中更辛苦的"看守"生活，尤其是农民，他们放弃了外出挣钱的机会，不离开候鸟栖息地。政府没有支付给志愿者津贴的预算，基层志愿者经济拮据是比较普遍的。但他们并不抱怨，初心不改。有的志愿者，还不被村里人理解，被人讥讽为"疯子""神经病"，但他们并不辩解。在寒冬季节，志愿者自带干粮，每天徒步几十公里巡视栖息地，冒着霜雪冒着风雨，一路跋涉，孤独的身影镶嵌在天地间。有的志愿者，在栖息地附近自搭临时工棚，吃住在里面，哪怕是除夕夜，也不离开候鸟。这是一个被忽视、被误解，又让人无比尊重的群体。他们发自内心的真挚爱鸟之情，既让我感动，又让我心碎。


80年代黑龙江大兴安岭的大火之灾；2002—2003年的非典疫情；2014—2016年的非洲埃博拉疫情；2019年秋冬之际，澳大利亚的"扫荡式"火灾；2020年春的新冠肺炎疫情；等等。这些灾难一次次为我们敲响了警钟：假如人类不善待大自然，大自然会反噬人类。人类离不开大自然，但大自然可以离开人类。人类只是大自然的物种之一，而非主宰。这些重大事件，让我们反思人与自然的关系，反思我们日常的生活习惯和生活行为。我们为自己的恶习（尤其是不善待动物），付出了惨痛代价。

写这本书，我想传导一种价值观，即鸟是自然的重要组成部分，人类应该和鸟友好相处。鸟，首先是生灵，它的生命与死亡，需要被尊重，如同尊重人本身，我们没有任何权利鄙视生命，侮辱生命，灭杀生命。人类不可能独立于自然，人类与鸟类在自然面前，在生命面前，是平等的关系；人类作为强势的一方，有权利有责任有能力去爱护弱势一方的鸟类。鸟是崇高的美学，是无与伦比的伦理学，是和谐的社会学，是情感的色彩学。

当然，这不是一本"告诫""说理"的书，它仍然重在讲述与描述：一个神秘、有趣、智慧、友爱的世界，也是一个神奇、平凡、脆弱、优雅的世界。鸟是心灵放飞的无线风筝，是情思的象征物。每一个人，都有自己的鸟故事，且每一个故事都是动人的。

鸟给予我们渴望飞翔的心灵；鸟是我们头顶上另一种闪耀的星辰；鸟是大自然的道德律和启示录。

2013年，我便有了写一本有关鸟的散文集的想法，并为之做了大量准备。但在写作的过程中，我仍感笔力不逮，这是我写作生涯中从未有过的，我感到惭愧。为弥补专业知识的不足，我只有无数次去实地观察鸟类生活——"文字从大地之下破土而生"是我的信条之一。为了写黑水鸡，我去观察黑水鸡家族，在一条一公里多长的河道，足足走了两百余次，时间跨度达三年。

然而即便是这样，仍有不尽如人意的地方。文中若有不精准或谬误之处，请方家多多指正。